KB218452

우리나라의 숲과 새들

열린시학 기획시선 3

우리나라의 숲과 새들

ⓒ 송수권, 2005.

초판 1쇄 인쇄일 · 2005년 9월 24일

초판 1쇄 발행일 · 2005년 9월 30일

지은이 | 송수권

펴낸이 | 노정자

펴낸곳 | 도서출판 고요아침

출판 등록 2002년 8월 1일 제 1-3094호

120-814 서울시 서대문구 북가좌동 328-2 동화빌라 102호

전화 | 302-3194~5

팩스 | 302-3198

e-mail : goyoachim@hanmail.net

ISBN   89-91535-31-3(04810)

        89-91535-28-3 (세트)

우리나라의 숲과 새들

송수권 民譚시집

고요아침

나의 시와 지형학

어느 지면에서나 나는 고답적으로 말해왔듯이 서정적 울림 위에서만 시는 가능하다고 믿으며 지금까지도 이 생각에는 변함이 없다. 훌륭한 시, 특히 고전적 성취의 시가 보여주는 것은 첫째 시의 완결성 즉 결락의 의미가 확실하고, 둘째 민족 정서가 세련되어 있으며, 셋째 언어가 조악하지 않고 정련되어 있으며, 넷째 리듬(가락)이 장중하며, 다섯째 울림의 공간이 증폭되어 속되거나 혐오감이 없다는 점이다. 또 패배감이나 무력감으로 떨어지지 않고, 읽는 사람으로 하여금 한없이 성스러운 경지로 끌어올려 준다. 이렇게 될 때 시는 향수자에게 정신의 구원처를 마련해 준다. 여기에서 한 시인의 염결성, 더 나아가서는 민족의 청결성을 보게 된다. 그리고 무엇보다 한 나라의 말, 즉 국어의 아름다움을 충분히 높은 수준의 경지로 이끌어 올린다. 나는 이것을 우리 시가 내장한 미적 고유성이라고 말하고 싶다. 이는 나의 시 쓰기 방법론이지만 더 요약한다면 '언어—정신—리듬(가락)'의 삼합론三合論이라 할 수 있다. 향토 언어의 생래적 가락과 민족 고유의 정신과 역사의지가 조화롭고도 내밀하게 일체화된 시의 경지야말로 만고 불역의 민족 서정시라는 점에 변함이 없다. 북에는 소월 남에는 영랑이라는 부족방언의 대가설大家說이 있다. 이는 민족 정서의 지형학적인 남북현상이다. 이 토속정서의 가락을 외국어로 번역하다니! 시에 가락이 없으면 시는 고전화 될 수 없다는 믿음 또한 나의 것이다. 전방위로 이미지에 매달리는 현대시가 고전화 될 수 있을까라는 물음 또한 그렇다.

국어의 표준어는 서울말이지만 판소리 가락의 표준어는 전라도 말이다. 남도 언어의 말 가락이 휘늘어지고 치렁치렁함도 이 때문이다. 능치는 가락이요 산조散調(민중의 가락)인 허튼 가락이며 이를 덤벙 기법이라 한다. 정악과는 그 격이 다르다. 따라서 나는 시에서 표준어는 언어의 폭력이라 믿으며 정서를 억압하는 개념적인 또는 논리적인 언어라고 믿는다. 논리적인 언어로 정서는 번역되지 않기 때문이다.

남도 해지는 마을
저녁연기 하늘에 드높이 올리듯
두 손으로 국수사발 들어올릴 때

위의 문맥을 자세히 검토해 보면 실은 남도의 정서는 아니다. 남도 황혼 무렵의 저녁연기는 하늘에 드높이 올리는 것이 아니라 대숲 마을을 나즉이 깔고 벌판으로 기어 나가는 연기이기 때문이다. '탁배기 한 잔에 어스름이 살을 풀고/ 목메인 달빛이 문 앞에 드넓다'는 그 설움의 정서와는 걸맞지 않기 때문이다.

연기(굴뚝)에도 남북현상이 있듯이 농악에도 음식에도 남북현상은 뚜렷하다. 좌도 농악이 휘늘어진 가락이라면 우도 농악은 마디가 끊기는 가락이다. 홍어가 남도 일판을 치는 음식이라면 북도 서해안의 일판을 치는 음식은 무젓(꽃게 무침)이다. 김치에도 남북현상이 있고 같은 서울의 지형 속에서도 남주북병南酒北餠의 현상이 있다. 시에 나타나는 정신은 그 시인의 기질론과도 불가분의 관계에 있는 것 같다. 영랑의 가락은 서편제요 서정주의 가락은 동편제다.

봉당 밑에 깔리는 대숲 바람소리 속에는
대숲 바람소리만 고여 흐르는 게 아니라요
대패랭이 끝에 까부는 오백년 한숨, 삿갓머리에 후득이는
밤 쏘낙 빗물소리……

머리에 흰 수건 쓰고 죽창을 깎던, 간 큰 아이들, 황토현을 넘어가던
징소리 꽹과리 소리들……

남도의 마을마다 질펀히 깔리는 대숲 바람소리 속에는
흰 연기 자욱한 모닥불 끄으름내, 몽당빗자루도 개터럭도 보리숭년

도 땡볕도
    얼개빗도 쇠그릇도 문둥이 장타령도
    타는 내음……

  이는 나의 시「대숲 바람 소리」2~4연까지다 지형학적 위
치와 기질론으로는 남도 역사정신이 스민 대(竹)의 정신이며
대숲의 향토정서다. 동학농민 전쟁이 핵심적 소재다. 알다시
피 대밭은 충남의 목천 지방 이북으로 갈수록 희귀해진다.
강원도나 서울, 서북의 소월이나 백석이 대숲의 정서를 알
리 없다.

    어느 고샅길에 자꾸만 대를 휘며
    눈이 온다

    그러니 오려거든 삼동三冬을 다 넘겨서 오라
    대밭에 죽순이 총총할 무렵에 오라
    손에 부채를 들면 너는 남도 한량이지
    죽부인竹夫人을 껴안고 오면 너는 남도 잡놈
    댓가지를 흔들고 오면 남도 무당이지
    올 때는 달구장태를 굴리고 오너라
    그러면 너는 남도의 어린애지

    그러니 올 때는
    저 대밭머리 연鳶을 날리며 오너라
    너가 자란 다음 죽창을 들면 남도 의병義兵

붓을 들면 그때 너는 남도 시인詩人이란다
대숲마을 해어스름녘
저 휘어드는 저녁 연기 보아라
오래 잊힌 진양조 설움 한 자락
저기 피었구나
시장기에 젖은 남도의 밤 식탁
낯선 거짓이 지나는지 동네 개
컹컹 짖고
그새 함박눈도 쌓였구나

그러니 올 때는
남도 산천에 눈이 녹고 참꽃 피면 오라
불발기 창 아래 너와 곁두리 소반상을 들면
아 맵고도 지린 홍어의 맛
그처럼 밤도 깊은 남도의 식탁

— 「남도의 밤 식탁」 1, 2, 3, 4연

　위의 시는 남도의 지형학적 위치와 기질을 밝혀 본 시다. 대원군은 한강 이북은 돌이요 이남은 난초라고 팔역지에서 말했다. 난초 또한 북쪽의 기질이 아니다. '문 안에 들면 대가 있는데 방 안에 들면 어찌 난초가 없겠는가'이는 예향 남도인이 그 고향을 자랑할 때 흔히 쓰는 말이다. 허균이 '죽순은 노령이남'이라고 『도문대작』에서 밝힌 것도 뻔질나게 부안 기생 매창梅窓을 찾아갔던 까닭이다. 남도 정신이란 무엇인가? 수 틀리면 죽창을 깎아 외적을 막아내고 태평한 세월 엔 그 대가 대금, 중금, 소금 피리 소리로 뜨는 가락의 정신이 다.

> 자전거 짐받이에서 술통들이 뛰고 있다
> 풀 비린내가 바퀴살을 돌린다
> 바퀴살이 술을 튀긴다
> 자갈들이 한 치씩 뛰어 술통을 넘는다
> 술통을 넘어 풀밭에 떨어진다
> 시골길이 술을 마신다
> 비틀거린다
> 저 주막집까지 뛰는 술통들의 즐거움
> 주모가 나와섰다
> 술통들이 뛰어 내린다
> 길이 치마 속으로 들어가 죽는다

— 「시골길 또는 술통」 전문

이는 남도의 황토정신을 드러낸 시다. 동학정신 중 황토현 (황토 고개)의 싸움을 연상하면 될 것 같다. '아그라 마을에 가서'나 '땡볕' 또는 '며느리 밑씻개' '며느리 밥풀꽃' '정든 땅 언덕 위에' 등 황토정서를 드러낸 많은 작품들이 있다. 이 는 곧 '안땅'의 정신이다.

해남 물고구마가 왜 진상품이었는가? 황토를 먹고 크기 때 문이다. 김지하의 시에 황토정신이 스민 것도 그 기질론적으로 읽어야 할 것 같다.

> 너는 서해 뻘을 적시는 노을 속에
> 서 본적이 있는가
> 망망 뻘밭 속을 헤집고 바지락을 캐는 여인들
> 한쪽 귀로는 내소사의 범종소리를 듣고
> 한쪽 귀로는 선운사의 쇠북소리를 듣는다
> 만 권의 책을 쌓아올렸다는 채석강 절벽
> 파도는 다시 그 만 권의 책을 풀어 흘려
> 뻘 밭 위에 책장을 한 장씩 넘긴다
> 이곳에서 황혼이야말로 대역사大役事를 이루는 시간
> 가슴 뜨거운 불꽃을 사방으로 던져
> 내소사 대웅보전의 넉살문 연꽃 몇 송이도
> 활짝 만개한다
> 회나무 가지를 치고 오르는 청동까치 한 마리도
> 만다라와 같은 불립문자로 탄다
> 곰소의 뻘강을 건너 소금을 져나르다 머슴 등허리가 되었다는
> 저 소요산 질마재도 마지막 술 빛으로 익는다
> 쉬어라 쉬어라 잠시 잠깐
> 해는 수평선 물밑으로 가라앉는다.

— 「대역사大役事」 전문

제9시집 『수저통에 비치는 저녁노을』은 대(竹)의 정신, 황
토의 정신을 천착하고 나서 남도의 3대 정신 중 마지막 정신

10

인 뻘의 정신을 캐기 위해 격포에 살면서 변산시대를 열었던 시기의 작품들이다.

뻘의 정신은 곧 '개+ㅅ+땅+쇠'의 정신이다.

사승에 적힌 대로 이는 물둑의 고향정신이며 남택南澤의 정신이다. 개펄을 막아 안땅을 일궈낸 최초의 못자리인 벽골제(감제), 눌제(고부), 황등제(익산) 등 남한 3대 물둑도 이 안창에 벌어져 있다. 지금도 벽골제에 가면 '말 박기 노래'와 울력으로 개척했던 신털미산(짚신에 묻은 개펄을 털었던 산), 되배미 논(울력 숫자를 논바닥에 들여보내 되를 되듯이 되었던 논)이 있다. 대와 황토 그리고 뻘물이 튀지 않는 삶은 이 국토 안에서 얼마나 맹랑한 삶인가? 이는 한 시인이 살아 지형학을 이루며 한 시대와 역사, 그리고 전통을 관통하고 가는 정신일 것이다. 나는 10시집에 이르기까지 남도 3대 정신을 관통하면서 많은 음식기행과 국토기행을 감행했다. 이제 변산시대를 마감하고 다시 내 시의 출발점이었던 섬진강 변으로 거처를 옮겨왔다. '산문山門에 기대어' '지리산 뻐꾹새'의 무대가 되었던 곳이기도 하다. '지리산중/ 저 연연한 산봉우리들이 다 울고 나서/ 오래 남은 추스림 끝에 비로소 한 소리 없는 강이 열리는 것을 보았'듯이 이곳에서 나는 다시 역동적인 한恨과 겨레의 면면한 가락을 딛고 내 시의 상징기법인 '곡선曲線의 상법想法'과 '소리의 상법'으로 울음을 추스리며 생산적인 한恨을 표출할 것이다.

서귀포 오구대왕님

저의 육신은 너무 때 묻고
저의 혼은 너무 질겨서
대왕님 석쇠 위에서 이 질긴 고기
잘 익을 수 있을까요
어젯밤 잠 속에서도
검은 상복차림 저승차사 두 놈이
벌컥 문을 열고 들어와 육환장을 내리찍으면서
에쿠야 이 살덤버지 에쿠야 이 살덤버지
킁킁 코를 말더니
에취야 이 비린내 에취야 이 비린내
육환장은 고사하고 토악질까지 해대면서
문밖을 튀쳐나가는 것을 보았습니다.

이승바람 한으로 절인 핏기는
늘 이렇습니다요

그러나 오구대왕님
이승에서 저는 이 한을 다 풀고
길뜰 차비를 하는 날에는
서귀포 시인 광협이네 농장에 들려
저의 육신은 마지막 거름이 되고
저의 혼은 봄눈 속에서도
속죄양처럼 익어가는 귤이 되겠습니다.

서귀포 오구대왕님
그 때는 저승차사 두 놈 다시 보내주셔요

저녁 시간 당신의 식탁 위에서
저는 불고기 대신 노오란 귤이 되어
당신의 즐거운 디저트가 되어 드리겠습니다.

— 「당신의 즐거운 디저트」 전문(개제, 11시집)

2005년
어초장漁憔莊에서 송 수 권

새벽

날이 샐 무렵은 저 새벽 능선들 보자
오래도록 긴 밤이 가고 어떤 성스러운 빛이 와서
우리 새벽 아름답구나
우리들의 한숨이 아니라 만적을 흩는 고요
이 새벽 고요 보자
들기러기들 모여 서서 긴 한숨을 불어내고
날이 새면 그 깃털 웅덩이에 던지고 가듯
죽죽 깃을 펴고 날으는 우리 새벽 능선들 보자
저 능선의 골짜기들마다 하나 둘 새는 달빛 아래
마을 엎드린 곳
우리 새벽은 결코 창 맞은 옆구리 피 흘리며 오는
그런 얼굴을 보여서는 안 된다
돌개울이 흐르고, 그 돌개울 위에 한 풍경과 같은
다리 걸리고
한밤내 어떤 모의를 끝내고 돌아가는 너의 음흉한 기침소리

새벽 강물에 담을 일은 아닌 것이다
저 새벽 능선들 풀어져 나와 한 산의 얼굴 되고
한 산의 얼굴 포개어 드러내듯
서로의 얼굴을 닦아 줄 일인 것이다
햇빛이 아침 산을 닦아 주듯
마침내는 우리 젊은 산맥이 되고 강이 될 일인 것이다
우리 새벽 고요 저 능선들 보자
우리 새벽 아름답구나
이제 우리 새벽
더 피를 흘려서는 안 된다
날이 샐 무렵은 저 새벽 능선들 보자
오래도록 긴 밤이 가고 어떤 성스러운 빛이 와서
우리 새벽 더욱 힘차구나

차례

제3부 땡볕

제4부 그늘

제1부
오구굿

자서전自敍傳

연산군燕山君때라던가 파발말을 놓는 역驛이 생겼대서
내 고향 속성俗姓은 역둘리
보성만을 굽어보며 우뚝 솟은 매봉 꼭대기
봉수대烽燧臺가 허물어진 그 골짜기에는
우리 웃대 선친先親한 분 잠들어 계시다
한양이라 시구문 밖 소문난 망나니로 씽씽 칼바람을
내며 가셨다 하니
그 무덤 속엔 당대에서도 잘 들던 칼 몇 자루
녹슬어 있지 않았을까.

어느 해 한식날이던가 성묘 길에서 아버님은
나를 인도하시고, 그 무덤을 비껴가며
족보에도 없는 무덤이니라 힘주어 말씀하시었으니
창망히 저무는 수평선을 바라보시던 뜻은…….

노상 그것이 한이 되지 않으셨을까

산밭뙈기 다 팔아 내 학비를 대어 주시던 아버지
글 쓰는 일을 진사進士 벼슬쯤으로 생각하지 않았을까
그러나 나중에 내 시詩 쓰는 일이 개똥보다
품계가 낮아 약에도 못 쓴다는 사실을 알았을 때
망나니 새끼보다 못한 새끼라고 욕을 퍼부으며
우시던 아버지

또 어느 날은 술에 취하시어 네 선친先親께서는
모가지를 흘리고 다니시다가 칼에 힘이 빠지면
칼재비의 긍지도 버리고 도모지塗貌紙*를 씌우기도 했느니라
방바닥을 치며 우시던 아버지
천주학장이 (天徒敎) 목을 칠 때
굴비 두름 엮듯 한 두름씩 두 두름씩 엮어 달고
도모지로 얼굴을 씌워 물을 뿌리면 벽돌이 마르듯
잘 마르더라는, 더러는 외통수를 보는 놈도 있어
뒷구멍으로 금은 팔찌를 대어 오는 녀석들에겐

고양이 울음소리를 증표로도 삼았더라는
때로는 그 선친先親을 부러워하시면서까지…….
그러지 않았을까 이 볼펜이 칼이 될 수만 있다면
이 원고지 한 장이 도모지만 될 수 있다면
우리 선친先親 소문난 칼 솜씨 칠월 장마에
풋모과 떨구듯
나도 한평생 뎅겅뎅겅 모가지나 흘리며
살다 가지 않았을까.

*도모지塗貌紙 : 대원군때 천주교도를 대량 학살당할 때 죄수들의 얼굴에 씌웠던 백지.
물을 뿌리면 숨통이 끊어짐.

당신의 즐거운 디저트

서귀포 오구대왕님
저의 육신은 너무 때 묻고
저의 혼은 너무 질겨서
대왕님 석쇠 위에서 이 질긴 고기
잘 익을 수 있을까요
어젯밤 잠 속에서도
검은 상복차림 저승차사 두 놈이
벌컥 문을 열고 들어와 육환장을 내리찍으면서
에쿠야 이 살덤버지 에쿠야 이 살덤버지
쿵쿵 코를 말더니
에취야 이 비린내 에취야 이 비린내
육환장은 고사하고 토악질까지 해대면서
문밖을 튀쳐나가는 것을 보았습니다.

이승바람 한으로 절인 핏기는
늘 이렇습니다요

그러나 오구대왕님
이승에서 저는 이 한을 다 풀고
길뜰 차비를 하는 날에는
서귀포 시인 광협이네 농장에 들려
저의 육신은 마지막 거름이 되고
저의 혼은 봄눈 속에서도
속죄양처럼 익어가는 귤이 되겠습니다.

서귀포 오구대왕님
그 때는 저승차사 두 놈 다시 보내주셔요
저녁 시간 당신의 식탁 위에서
저는 불고기 대신 노오란 귤이 되어
당신의 즐거운 디저트가 되어 드리겠습니다.

우리나라의 숲과 새들

나는 사랑합니다 우리나라의 숲을, 늪 속에 가라앉은 숲이
아니라
맑은 신운神韻이 도는 계곡의 숲을 사계四季가 분명한 그 숲을
철새 가면 철새 오고 그보다 숲을 뭉개고 사는 그 텃새를
더 사랑합니다. 까치가 울면 반가운 손님이 오신다든가 뱁새가
작아도 알만 잘 낳는다든가 하는 그 숲에서 생겨난 숲의
요정의 말까지를 사랑합니다

나는 사랑합니다, 소쩍새가 소탱소탱 울면 흉년이 온다든가
솔짝솔짝 울면 솥 작다든가 하는 그 흉년과 풍년 사이
온도계의 눈금 같은 말까지를, 다 우리들의 타고난 운명을
극복하는
말로다 사랑합니다, 술이 깬 아침은 맑은 국물에 동동 떠오르는
동치미에서 싹둑싹둑 도마질하는 아내의 흰 손이 보입니다,
그 흰 손이
우리나라 무덤을 이루고, 동치미 국물 속에선 바야흐로 쑥독

쑥독

쑥독새*가 우는 아침입니다

나는 사랑합니다, 햇솜 같은 구름도 이 봄날 아침 숲길에서
생겨나고, 가을이면 갈꽃처럼 쓸립니다, 그보다는 광릉 같은데,
먼 숲길쯤 나가보면 하얗게 죽은 나무들을 목관악기처럼 두
들기는
딱따구리 저 혼자 즐겁습니다

나는 사랑합니다, 텃새, 잡새, 들새, 산새 살아 넘치는
우리나라의 숲을, 그 숲을 베개 삼아 찌르륵 울다 만 찌르레
기새도
우리 설움 밥투정하는 막내딸년 선잠 속 딸꾹질로 떠오르고
밤새도록 물레를 감는 삐거덕, 삐거덕, 물레새 울음 구슬픈
우리나라의 숲길을 더욱 사랑합니다.

*쑥독새 : 표준어는 쏙독새임.

29

남도의 밤 식탁

어느 고샅길에 자꾸만 대를 휘며
눈이 온다

그러니 오려거든 삼동三冬을 다 넘겨서 오라
대밭에 죽순이 총총할 무렵에 오라
손에 부채를 들면 너는 남도 한량이지
죽부인竹夫人을 껴안고 오면 너는 남도 잡놈
댓가지를 흔들고 오면 남도 무당이지
올 때는 달구장태를 굴리고 오너라
그러면 너는 남도의 어린애지

그러니 올 때는
저 대밭머리 연鳶을 날리며 오너라
너가 자란 다음 죽창을 들면 남도 의병義兵
붓을 들면 그때 너는 남도 시인詩人이란다
대숲마을 해어스름녘

30

저 휘어드는 저녁 연기 보아라
오래 잊힌 진양조 설움 한 자락
저기 피었구나
시장기에 젖은 남도의 밤 식탁
낯선 거집*이 지나는지 동네 개
컹컹 짖고
그새 함박눈도 쌓였구나

그러니 올 때는
남도 산천에 눈이 녹고 참꽃 피면 오라
불발기 창 아래 너와 겹두리 소반상을 들면
아 맵고도 지린 홍어의 맛
그처럼 밤도 깊은 남도의 식탁

어느 고샅길에 자꾸만 대를 휘며
눈이 온다

*거집 : 큰 손님(過客), (巨接).

홍탁

지금은 목포 삼합을 남도 삼합이라고 부른다

두엄 속에 삭힌 홍어와 해묵은 배추 김치
그리고 돼지고기 편육

여기에 탁배기 한 잔을 곁들면
홍탁

이른 봄 무논에 물넘듯
어, 칼칼한 황새 목에 술 들어가네.

아그들아, 술 체엔 약도 없단다
거, 조심들 하거라 잉!

지금도 목포 삼합을 남도 삼합이라고 부른다

밤젓

한겨울에는 나도 전어 밤젓이 먹고 싶다.

선비골 안동에 가면 얼간재비가
밥 도둑이라지만
남도에 오면 전어 밤젓이 밥 도둑이다

햇반을 내어 고슬고슬 고봉밥 지어
전어 밤젓 한 숟갈 듬뿍 떠 얹으면
그것이 밥 도둑인 거라
고솝하고 쌉쏘름한 그 맛
알싸하니 묵에 잠겨 감질나는 거라.

영혼이나 기질은 냄새로 오는 게 아니라
맛으로 오는 것
(레몬 향이 맡고 싶다고?)

한겨울에는 나도 전어 밤젓이 먹고 싶다.

무젓

어제는 서해안에 가서
밀낙지 국에 무젓을 먹었다

밀 수제비 고명을 떼어 넣고
보글보글 끓인 낙지국에 곁들여 내는
꽃게무침이 그것이다.

유식한 서산댁 보살님 이야기로는
옛날 양반들은 천것들의 음식이라고
먹지 않았다고 한다

뻘밭을 기는 것도 하려니와
꽃게란 놈은 모로 기는 비틀걸음에다
속창아리도 쓸개도 없이 눈을 치뜨고
거품을 뿜는 게
숭한 상것이란다

내가 어디서 본 기록으로는 송시열가라 했고
또 음식학자의 점잖은 표현들로는
무장공자無腸公子, 횡횡거사橫橫居士, 내황후內皇后
천상목天上目, 서호판관西湖判官이라 했다.

맛에도 격이 있고 품계가 있는 걸까
사팔뜨기 천상개비라도 서울만 가면 되지 않던가

간월암 솔밭엔 솔광이 떴다
만공 스님도 이 맛엔 배틀거렸을 거라고
나도 한바탕 너스레를 떨고 왔다.

삼대三代 숯불구이

광양 숯불구이를 마로화적馬老火炙이라 한다던가
백제시대 마로현이라 불렀다던가

살다보면 가슴에서 내려놓지 못한 한恨
별의 별 것이 다 섭섭해
중마동 옛터 봄 맞은 남새밭
조선朝鮮 파는 누가 먹나

지척이 천리만하여 백계산 참숯굴막도
무너지고 없는데
삼대 숯불구이집 고향 사람들은
줄을 선다

방짜 유기 청동화로 연기 자욱한데
회끈 닳은 구리 석쇠 위에서
노릇노릇 익어가는 암소 갈비의 살점들

그것도 고삐가 닿지 않는 왼쪽 가리비라니!

옛날엔 송아지 구이였다던가
파김치에 한 저붐씩 말아
물리도록 먹고 나면 느랭이골 물소리도 어벙벙해지는
천하일미 마로화적天下一味 馬老火炙

전어회

전어 굽는 냄새에 집 나간 며늘아기
돌아온다는 말
전어회를 못 먹으면 한겨울에도
가슴 시리다는 말

남도의 밤 식탁에 둘러앉아 식담도 푸지게
전어회를 먹는다

그 누구도 이 허기虛飢를
궁상이라 웃지 말라

아버지는 췌장암으로 마지막 숨 놓으면서도
마른 복국이 먹고 싶다고 했다

그것은 '유리창'처럼 서늘한 시詩가 아니라
'花蛇'처럼 징그러운 육애의 몸부림

밖에서는 장지문을 사락사락 눈발이 스치는데
시린 가슴으로 전어회를 먹는다.

서산 갯마을

저 갯마을 흐드러진 복사꽃잎 다 질 때까지는
이 밤은 아무도 잠 못 들리
한밤중에도 온 마을이 다 환하고
마당 깊숙이 스민 달빛에
얼굴을 지우며
성가족聖家族 들의 이야기 도른도른 긴 밤 지새리
칠칠한 그믐밤마다 새조개들 입을 벌려
고막녀들과 하늘 어디로 날아간다는 전설이
뻘처럼 깊은 서산 갯마을
한낮엔 굴을 따고
밤엔 무시로 밀낙지국과 무젓을 먹는 아낙들
뽀얀 달무리도 간월도 너머 지고 말면
창창한 물잎새들이 새로 피듯
이 밤은 아무도 잠 못 들리
저 갯마을 복사꽃잎 다 흩날릴 때까지는.

접시꽃

혼들린다 대낮의 땅 그늘도
제 정적이 무서워 장독대 그늘로만
깊어지는, 저녁 햇살 몇 가닥 기우는 날은
하얀 접시꽃 눈부시게 피어난다
그 디딤돌을 괴고 가만히 누가 와서
하늘 층계를 내려오는 소리
증조모, 할머니, 어머니 또 나의 내자內子, 까지
이 하얀 접시꽃 핀 장독대가 아니었으면
한 생生 어찌 곧은 소리 낼 수 있었을까
동구 밖 솔대 위에 한 마리 새를 올려놓고
새벽하늘 밑 박우물을 파내어
대대로 그 물 떠다 치성드린 자리
오늘은 쓰러져 가는 옛집에 와
다들 한 자리 모여 층층으로 포개어져
흰 사발 같은 접시꽃들 피어 눈부시다.

빈집·1

밤새 눈이 쓰러지게 와서
누가 저 빈집을 지키고 갔는지
나는 안다

빗물이 어룽진 흙벽 밤이 깊어도
어머니는 오지 않았다
아랫말 잔치가 드는 날은 새벽닭이
세 홰를 쳐도 봉당 밑에 눈이 들이쳐도
어머니는 오지 않았다

그런 날 밤 벽에 뜬 그림자는 유난히 춥고
무서웠다. 슬슬 산山지네가 기어가고 호랑나무가시가
돋고 당나귀가 몇 번이나 긴 울음을 울었다
산골 여우가 나와 몇 번이나 재주를 넘었다
황소뿔이 걸리고 호롱불 심지가 꼴깍 졸아들기도 한다
세월歲月이 지난 뒤에야 그 호롱불을 깔고 앉은 악머구리가

우리들 할머니였다는 사실을 알았다
야윈 손 쳐들어 풀어내던 벽_壁 그림자……
밤새 눈이 쓰러지게 와서
누가 저 빈집을 그리워하고 갔는지
나는 안다
  * * *

오래도록 잠긴 저 문에
누군가 빗장을 푼다
삭아내린 싸리 울바자 다시 세우고
눈보라가 설쳐대는 툇마루와
댓돌을 쓸고
댓돌 위에 신발 몇 켤레도 가지런하다
어제는 서울서 일만이네 식구가 내려와
밤새도록 저 창호 문발에 불빛 따뜻하다

그 불빛 새어 나와

온 마을이 다 환하다
낯선 듯 동네 개 컹컹 짖고
울바자를 넘는 애기 울음소리
동쪽 하늘에 뜬 샛별이 파르르 떤다
마당가 바지랑대에 널린 애기똥풀빛 기저귀
이제야 사람이 사람답게 보이기 시작한다

아침부터 굴뚝의 연기가 치솟아
한밭재 대숲머리를 돌아나가는
저 들판의 자오록한 연기 보아라
오래 잊힌 자진모리 설움 한 가락이
그렇게 풀리는구나

아이엠에프가 대순가 돌아가야지 돌아가야지
벼르고 벼르던 30년 세월
조금 일찍 돌아온 것뿐이다
조금 앞당겨 돌아온 것뿐이다.

빈집·2

음陰 2월 영등달 바람 불면 집에 가리

초하루 삭망엔 오고
보름 사릿물엔 간다고 했지

부뚜경*마다 조왕신**이 살고
영등할미 오신 날은
산에서 퍼온 붉은 흙
댓가지에 삼색 헝겊을 달아 꽂았지
보름 동안은 숨막히도록 행동거지도
조신하였지

바람 불면
장독대 위 정한수 얼었다 터지고
영등할미 딸 데리고 온다 했지
비 오면 착한 며늘아기 앞세워 비에 젖고
고부姑婦간의 갈등이 있긴 있어도
초라하게 오긴 온다고 했지

음이월 영등달 바람 불면 집에 가리
초하루 삭망엔 오고
보름 사릿물에 간다고 했지

집집이 수수엿 고아 치성들면
옥황상제께 올라가 이 세상 일 고해바치는데
영등할미*** 입이 오그라 붙어 고변할 수 없다 했지

음 이월 영등달 바람 불면 집에 가리

아궁지마다 새로 불지피고
떠돌이 지은 죄 씻고
영등할미 두고 간 수수엿단지 녹이러.

*부뚜경 : 부뚜막
**조왕신 : 부엌신
***영등할미는 바람 신神으로 음 2월1일에 지상에 내려왔다가 20일에 승천한다. 2월 1
일 아침에 새 바가지에 물을 담아 장독대, 광, 부엌 등에 올려놓고 소원을 빈다. 또
소원을 비는 소리를 올리기도 한다. 딸을 데리고 오면 일기가 평탄하지만 며느리를
데리고 올 때는 비바람이 친다고 한다. 이는 고부간의 갈등을 의미한다. 물할미 산
할미와 함께 삼신할미라고도 한다.

제2부
기러기 집

기러기 집

기러기집 상여喪輿 나는 날은
복福도 많아……
살구꽃 복사꽃이 환히 저승길까지 비추고
십리 안팎 실팍한 아낙들까지 몰려와
생보리밭 마구 무너뜨리고 웃음치레 꽃치레 눈물 범벅치
레……
석류꽃 석류꽃 같은 기러기집 넷째 딸이 나는 그냥 좋으면서
홍갑사 댕기머리가 좋으면서
그 가리마 아랫말로 가는 호숫물처럼
반짝거리면서……

꿈꾸는 섬

말없이 꿈꾸는 두 개의
섬은 즐거워라

내 어린 날은 한 소녀가 지나다니던 길목에
그 소녀가 흘려 내리던 눈웃음결 때문에
길섶의 잔풀꽃들도 모두 걸어 나와
길을 밝히더니

그 눈웃음결에 밀리어 나는 끝내 눈병이 올라
콩알만한 다래끼를 달고 외눈끔적이로도
길바닥의 돌멩이 하나도 차지 않고
잘도 지내왔더니

말없이 꿈꾸는 두 개의
섬은 슬퍼라

우리 둘이 지나다니던 그 길목
쬐그만 돌 밑에
다래끼에 젖은 눈썹 둘, 빼어 눌러놓고
그 소녀의 발부리에 돌이 채여

그 눈구멍에도 다래끼가 들기를 바랐더니
이승에선 누가 그 몹쓸 돌멩이를
차고 갔는지
눈썹 둘은 비바람에 휘몰려
두 개의 섬으로 앉았으니

말없이 꿈꾸는 저 두 개의
섬은 즐거워라.

도라지꽃
― 조선삐

도라지 도라지
심심산천에 백도라지
풋보리밥 한술 된장국 말아먹고
지름댕기 팔랑팔랑
올해 네 나이 몇 살이더냐

도래샘도 띠앗집도 다 버리고
눈 오는 날 주재소 앞마당 전남반班으로
너는 열여섯 정신대 머릿수건을 쓰고
고목나무 뒤에 붙어 참매미처럼 희게 울더니

오끼나와 테니안 라바울 사이판
그 어디쯤 흘러가
한 초롱 여름산 더윗술을 걸러주며

여적 그 섬 기슭 혼자 폈느냐

내 어려선 막내고모 같던 종鐘꽃

도라지 너를 보면
삼한三韓 적 맑은 하늘
이슬 내리는 소리
호궁胡弓 소리

석남꽃 꺾어

무슨 죄 있기 오가다
네 사는 집 불빛 창에 젖어
발이 멈출 때 있었나니
바람이 지는 아픈 꽃잎에도
네 모습 어리울 때 있었나니

늦은 밤 젖은 행주를 칠 때
찬그릇 마주칠 때 그 불빛 속
스푼들 딸그락거릴 때
딸그락거릴 때
행여 돌아서서 너도 몰래
눈물 글썽인 적 있었을까

우리 꽃 중에 제일 좋은 꽃은
이승이나 저승 안 가는 데 없이
겁도 없이 넘나들며 피는 그 언덕들

석남꽃이라는데……

나도 죽으면 겁도 없이 겁도 없이
그 언덕들 석남꽃 꺾어들고
밤이슬 풀비린내 옷자락 적시어가며
네 집에 들리라

숨비기꽃 사랑

칠월의 제주 바닷가 숨비기꽃
숨비기꽃 피어나면
섬 계집들 사랑도
피어나리

작열한 햇빛 입에 물고
전복을 따랴, 미역을 따랴
천 길 물 속 물이랑을 넘는
저 숨비기꽃들의 숨비소리

아직 바다가 쪽빛이긴 때이르고
옴서감서 한 소쿠리씩
마른 꽃을 따다가 베갯솜을 놓는
눈물 끝에 비친 사랑아

그 베개 모세혈관 피를 맑게 걸러서

멀미 끝에 오는 시력을 다시 회복하고
저승 속까지 연보라 등燈을 실어놓고
밝은 눈을 하나씩 얻어서 돌아가는
시집갈 땐 이불 속에 누구나
藥베개 하나씩 숨겨가는
그 숨비기꽃 사랑 이야길 아시나요.

우리나라 풀 이름 외기

봄날에 날풀들 돋아오니 눈물난다
쇠뜨기풀 진드기풀 말똥가리풀 여우각시풀들
이 나라에 참으로 풀들의 이름은 많다
쑥부쟁이 엉겅퀴 달개비 개망초 냉이 족두리꽃
물곶이 앉은뱅이 도둑놈각시풀들
조선총독부 식물 도감을 펼치니
구황식救荒食의 풀들만도 백 오십여 가지다
쌀 일천만 섬을 긁어가도 끄떡없는 민족이라고
그것이 고려인의 기질이라고
나까이*가 서문에서 점잖게 게다짝을 끌고 나온다
나는 실제로 어렸을 때 보리 등겨에 토면土麵 국수를 말아먹고
북어처럼 배를 내밀고 죽은 늙은이를
마을 앞 당각에 내다버린 것을 본 일이 있었다
햄이나 치즈나 버터나 인스턴트 식품이면
뭐나 줄줄이 외어대는 어린놈에게
어서 방학이 왔으면 싶다

우리 어머니는 아버지를 위해 센인바리(千人針)**를 받으러
이 마을 저 마을 떠돌았듯이
나 또한 이 나라 산천을 떠돌며
어린것의 식물 표본을 도와주고 싶다.
쇠똥가리풀 진드기풀 말똥가리풀 여우각시풀들
이 나라에 참으로 풀들의 이름은 많다
쑥부쟁이 엉겅퀴 달개비 개망초 냉이족두리꽃
물곳이 앉은뱅이 도둑놈각시풀들.

---

*나까이 : 조선총독부 관변학자로 동경대 교수였으며 『조선식물도감』의 편찬자.
**센인바리(千人針) : 일제 강점기 징병으로 끌려나간 아들의 무운장구를 위해 어머니가
  가까운 마을을 돌며 베에다 받았던 바늘 땀, 천 땀을 받으면 장수한다고 했고 이 수건
  을 이마에 두르고 군대에 나갔음.

겨울 청량산淸凉山

겨울 청량사淸凉寺에 가서 만났다.
소복단장하고 뒷머리채도 치렁치렁
버선발 내밀고 살냄새 피며
사뿐 큰절 올리는
고 비릿한 처녀 계집애
두 눈에 눈물 잔뜩 고여 할 말 있다며
불쑥 내 잠자리 파고들었다.
식은땀 등에 흘리며 잠자리 걷어차고
아침에서야 대중들의 고양상머리
이 얘기 털어놨다.
우리들의 공양주 어진 보살님도
혀끝 말아쥐며
우얄끄나 우얄끄나……
아직도 승천을 못했나빔
작년에도 서울서 왔다카는 한 총각아이
그 뒷골방에서 처녀기집 만났다는디,

걸려도 깊이 걸렸던지
부모들이 내려와 청량사의 산산각에
씻김굿을 올렸더라는디
우알끄나……
그 처녀계집 공비토벌 때
젊은 산 손님을 따라 돌다
절문 밖 고목나무에 목을 매고
고목나무도 이젠 처녀애의 형상대로 말라 비틀어져
우리들의 가슴을 쥐어뜯지만
그녀 아직도 살아 이 깊은 계곡 육륙봉을 서성이며
살냄새 그리웠던지
내 잠자리 불쑥 파고든 것이리라.
그러나 그대, 이 땅의 젊은이들아
내년에도 내명년에도 그 후명년에도
한 시인이 만났던 자리, 그 시인도 가고
겨울 청량사에 눈이 쌓여 구들을 달구거든

그녀 성큼 불러들여
그녀의 치맛말을 풀어 천도를 시켜달라
네 살아있음의 끝이 그녀 죽음 위에 숨쉬고
네 젊은 혼이 그녀 맥박 속에
살아있음을 알아
너는 여름밤 달맞이꽃
또는 이 산기슭에 피어나서
밤이슬로만 소복단장한
그녀 모습 보고 울리라.

조팝나무 가지 위의 흰 꽃들

온몸에 자잘한 흰 꽃을 달기로는
사오월 우리 들에 핀 욕심 많은
조팝나무 가지의 꽃들만 한 것이 있을라고
조팝나무 가지 꽃들 속에 귀를 모아 본다
조팝나무 가지 꽃들 속에는 네다섯 살짜리 아이들
떠드는 소리가 들린다
자치기를 하는지 사방치기를 하는지
온통 즐거움의 소리들이다
그것도 볼따구니에 정신없이 밥풀을 쥐어발라서
머리에 송송 도장버짐이 찍힌 놈들이다
코를 훌쩍이는 녀석들도 있다
금방 지붕 위의 까치에게 헌 이빨을 내어 주고 왔는지
앞니 빠진 밥투정이도 보인다
조팝나무 가지 꽃들 속엔 봄날 이런 아이들 웃음소리가
한종일 떠날 줄 모른다.

여승女僧

어느 해 봄날이던가, 밖에서는
살구꽃 그림자에 뿌여니 흙바람이 끼고
나는 하루 종일 방안에 누워서 고뿔을 앓았다.
문을 열면 도진다 하여 손가락에 침을 발라가며
장지문에 구멍을 뚫어
토방 아래 고깔 쓴 여승女僧이 서서 염불 외는 것을 내다보았다
그 고랑이 깊은 음색과 설움에 진 눈동자 창백한 얼굴
나는 처음 황홀했던 마음을 무어라 표현할 순 없지만
우리 집 처마 끝에 걸린 그 수그린 낮달의 포름한 향내를
아직도 잊을 수가 없다
나는 너무 애지고 막막하여져서 사립을 벗어나
먼 발치로 바리때를 든 여승女僧의 뒤를 따라 돌며
동구 밖까지 나섰다
여승은 네거리 큰 갈림길에 이르러서야 처음으로 뒤돌아보고
우는 듯 웃는 듯 얼굴상을 지었다
(도련님, 소승小僧에겐 너무 과분한 적선입니다. 이젠

바람이 참사운데 그만 들어가보셔얍지요.)
나는 무엇을 잘못하여 들킨 사람처럼 마주서서 합장을 하고
오던 길을 뒤돌아 뛰어오며 열에 흐들히 젖은 얼굴에
마구 흙바람이 일고 있음을 알았다.
그 뒤로 나는 여승女僧이 우리들 손이 닿지 못하는 먼 절간 속에
산다는 것을 알았으며 이따금 꿈속에선
지금도 머룻잎 이슬을 털며 산길을 내려오는
여승女僧을 만나곤 한다.
나는 아직도 이 세상 모든 사물事物 앞에서 내 가슴이 그때처럼
순수하고 깨끗한 사랑으로 넘쳐흐르기를 기도하며
시詩를 쓴다.

달

아침에 나가보면 호젓한 산길을
혼자서 가고 있었다
오빠수떼들의 진한 울음처럼
발 아래 꽃잎들이 짓밟혀 있고
한밤내 저민 향내 오답싹에 조금
묻혀가지고
차마 갈까 차마 갈까 애타는 걸음
조금씩 뒤돌아보듯 가고 있었다.

산길을 벗어나면 아득한 벌판
언뜻언뜻 물미는 구름 속에
꽃사당년같이 얼굴 한번 가려 흐느끼고

벌판을 나서면 가로지른 강물이
소리 내어 따라오고, 거기서 너는
비로소 독부毒婦 같은 마음을 지었다

검은 눈썹 밀어놓고 도끼 하나를
물 속에 벼리었다

아침에 나가보면 암중같이
독한 암중같이 이제는 강을 건너
소맷자락까지 펼치며
훨훨 나는 듯이 가고 있었다

개불알꽃

며칠 전은 새로 나올 시집 이름을
'벌블'이란 말로 짓고, 벌벌 벌블하다 보니
남녘 끝 큰 벌판 하나가 떠올랐다.
벌판은 벌, 벌은 그 벌블의 줄임,
산과 산 사이 작은 마을 에움이여
실개천 에둘움이여,
좁은 벌은 새발그뉘, 새부리뉘
나는 어려서부터 이런 작고 그윽한 이름들이 좋았다.

작은 동네 지나 안골로 가는 큰동네를 싯나라
더러는 미리내 기운 쪽
배롱꽃이 그새 두 번째 피었다 지고
밥주걱 같은 북두칠성이 문지방에까지 꽂혀 있었다.
소년은 어느새 자라 조랑말 타고
그 안동네에 장가들고 싶었다
모닥불 앞에서 점둥개*와 함께 쭈그리고 앉아

햇고구마를 잘도 굽던 아이,
차르륵 차르륵 밝은 현호색 개똥불을 좇다가
골목길을 벗어나 산등성이에 오르면,
참말, 개불알 같은 그 홍자색 꽃들이 만발해 있었다.
일부러 개불알을 개씹꽃이라 했다가
좀더 철 들어선 오줌꽃, 장가들 무렵엔
요강꽃이라고 불렀다.

나이 점잖은 어른들은 그걸 알고 이냥저냥 오가며
까마귀오줌통꽃이라고 불렀지만
안마을 사람들은 큰기침하며 그 냄새 때문에
진저리, 진줴구, 진자리, 지린내꽃이라고 불렀다.
새마을 사업 한창 땐 복주머니라고 고쳐 부르더니
요새는 너나없이 아이들도 그냥 돈주머니라고 부른다.

*점둥개 : 검둥개(전라도 방언), 구개음의 제3유형.

구룡못* 연꽃밭

구룡九龍못에 구룡못에 가서 보았다. 깨는 듯 눈감은 듯
물 위에 조으시는 연꽃들, 한낮의 연꽃들 속에 착한 며느리와
애기 부처님 노시는 것 보았다. 씨방 속에
어떤 부처님 벌써 문 잠그고 한 삼천 년 진흙 굴헝 속에 처박
혀서
싫도록 낮잠이나 퍼지르다가 미륵불로 환생할
채비들 서두르고 있었다.

구룡못에 구룡못에 가서 보았다. 맺힌 이야기들 풀어 내려고
실실이 뒤늦게 와 피는 연꽃들도 있었다. 뒤늦게 온
연꽃 봉오리들 속에 구룡리가 겹쳐 피고 황씨네 푸른 지붕도
떠보였다. 지붕 아래 솟을대문을 열어 보니 댓돌 위 서성이는
황씨 노인 얼굴도 보이고 열두 곳간 열쇠 꾸러미가
쩌렁쩌렁 울려 왔다. 흉년이 들어도 돌림병이 돌아도
곳간 문은 열리지 않았다. 웬 떠돌이중 하나 들어와 시주 빌
러 들어와

황씨 며느리 쌀독 밑 한 됫박 닥닥 긁는 소리 울려 왔다
가을바람에 연꽃 송이들 뒤집히면서 그 소리
쩌렁쩌렁 울려 왔다.

구룡못에 구룡못에 가서 보았다. 가을 물에 연꽃 송이들 깨
어나면서
우리 하늘 아래 퇴박맞아 집 떠나 오다 떠 있는
파르스름한 낮달 하나, 애기 들쳐 업고 뒤돌아보다 얼굴 가리고
흑흑 느껴 마을도 물에 잠겨서 돌미륵으로 솟아난 우리 착한
며느리 하나
그 곁에 혹도 하나 더 붙어서 진흙밭 한세상
뒤늦게 와 새로 피는 연꽃들 속에 애기 부처님 노시는 것 만
나 보았다

*필자 고향의 배경 설화. 옛날 구룡리에 구두쇠로 이름난 황부잣집이 있었다. 며느리는
끼니 때마다 쌀을 타서 밥을 지었는데, 어느 날 탁발 온 스님에게 쌀을 주고 나니 밥을
지을 수 없었다. 그것을 안 스님이 애기를 업고 자기를 따라오되 돌아보지 말라 했는
데 며느리는 그만 돌아봤다. 그러자 마을은 못 속에 잠기고 며느리는 바위가 되었다.

제3부

땡볕

돌머리 물빛

접대接對란 말 아셔요. 주인이 손님을 깍지게 접어 모시는 것을 말하지요. 접대나 대접이나 그게 그것 아녀요. 그런데 이 틈새를 파고드는 말이 있어 깜짝 놀란 적이 있습니다. 안동 가서 들은 애가인데요, 도산서원 사랑방 툇마루에서 내 친구 권오삼과 함께 깍지 벼개를 하고 누워 배고픈 뻐꾸기 소리를 듣다 들은 이야기인데요. 서원書院 앞을 휘돌아 나가는 돌 머리〔河廻〕 물빛이 왜 저토록 아득한고 했더니 그것이 선비골에만 있는 백비탕白沸湯 때문이라는 군요. 오죽 가난했으면 상床위에 펄펄 끓는 물 한 대접이라니요. 돌계단 앞 모란꽃이 뚝뚝 지고 있는 그 사이 뻐꾸기 울음소리가 간간히 끊기고 있는 그 사이, 친구로부터 점심은 뭘 들거냐고 해서 서원 입구에 있는 '영계백숙집' 하려다 말고 영계와 백숙집 그 사이에서 입 꽉 틀어 막았지요.

땡볕

삼한 적 하늘이었는가 고려 적 하늘이었는가
하여튼, 그 자즈러지는 하늘 밑에서
'확 콩꽃이 일어야 풍년이라든디,
원체 가물어놔서 올해도 콩꽃 일기는
다 글렀능갑다'

두런두런거리며 밭을 매는 두 아낙
늙은 아낙은 시어머니, 시집온 아낙은 새댁,
그 새를 못 참아 엉금엉금 기어나가는 것은
샛푸른 샛푸른 새댁,
내친김에 밭둑 너머 그 짓도 한 번

'어무니, 나 거기 콩잎 몇 장만
따 줄라요?'

(오실할 년, 콩꽃은 안 일어 죽겠는디 콩잎은 무슨

76

콩잎?)

옛다, 받아라 밑씻개 콩잎
멋모르고 닦다보니 항문에서 불가시가 이는데
호박잎같이 까끌까끌한 게 영 아니라
'이거이 무슨 밑씻개?'
맞받아치는 앙칼진 목소리,
'며느리밑씻개'
어찌나 우습던지요

그 바람에 까무러친 민들레 홀씨
하늘 가득 자욱하니 흩어져 날았어요
깔깔거리며 날았어요
대명천지, 그 웃음소리 또 멋도 모르고
덩달아 콩꽃은 확 일었어요.

며느리밥풀꽃

날씨 보러 뜰에 내려
그 햇빛 너무 좋아 생각나는
산부추, 개망초, 우슬꽃, 만병초. 둥근범꼬리, 씬냉이, 돈나물꽃
이런 풀꽃들로만 꽉 채워진
소군산열도小群山列島, 안마도鞍馬島 지나
물길 백 리 저 송이섬에 갈까

그 중에서도 우리 설움
뼛물까지 녹아흘러
밟으면 으스러지는 꽃
이 세상 끝이 와도 끝내는
주저앉은 우리를 다시 일으켜 세우는 꽃
울 엄니 나를 잉태할 적 입덧나고
씨엄니 눈돌려 흰 쌀밥 한 숟갈 들통나
살강 밑에 떨어진 밥알 두 알
혀끝에 감춘 밥알 두 알

몰래몰래 울음 훔쳐 먹고 그 울음도 지쳐
추스림 끝에 피는 꽃
며느리밥풀꽃

햇빛 기진하면은 혀 빼물고
지금도 그 바위섬 그늘에 피었느니라.

얼간재비

이건 안동 선비로 자처하는 내 친구 권오삼으로부터 들은 이야긴뎁쇼. 6·25사변 직후 집도 절도 없고 못살고 가난했던 시절, 자기 집 머슴이었던 혈혈단신 홀아비 김 서방 이야기라는 군요. 해마다 아버지 젯날이 오면 업동이처럼 지방을 써달라 해서 顯考處士府君神位라 써 주면 저고리 앞섶에 옷핀으로 꽂아선 아버지 산소로 피잉 달려가선 벌초를 하고는 조심조심 산을 내려오더라는 거였어요. 그러고는 안동 시장 장터 마당을 지날 때는 저고리 앞서을 제치고는

— 아부지요, 떡 잡수시이소.

또 어물전 앞을 지날 때는

— 아부지요, 마른 명태 잡수시이소.

또 과일가게 앞을 지날 때는

— 아부지요, 능금도 대추도 곶감도 다 잡수시이소.

술집이며, 식육점, 심지어는 청포묵판 앞에서는

— 청포묵에 탁배기 한잔 잡수시이소.

그러고는 장터 마당을 돌아나와 터벅터벅 산을 오르더라는

거였어요.

산소에 이르러서는

— 아부지요, 잘 잡수시니더.

하고는 앞섶의 지방을 떼어 불사르고 두 번 무릎을 꿇고 하직 인사를 올리더라는 거였어요.

그런데 이게 웬일인지요? 이 이야기가 잘못 와전되어 영덕서 안동가는 어물차가 지날 때 얼른 저고리 앞섶을 제치고는

— 아부지요, 저기 얼간재비 차가 와요. 실컷 얼간재비나 잡수시이소, 하다 말고는 그런데 그게 아니었구만요. 얼간재비 차가 아니라 똥차였구먼요. 김 서방 화다닥 놀라 저고리를 벗어 거꾸로 제치고는

— 아부지요, 얼간재비가 아니라 이건 똥이구먼요, 똥, 얼른 토해 뿌리시이소, 얼른요, 하더라는 거였습니다.

거두절미하고, 천하 몹쓸 선비놈들 요로초롬 이야기를 잘라먹는 악취미라니, 쯧쯧······.

*얼간재비 : 안동지방에서 부르는 자반고등어.

수련水蓮

가을 물에 뒤집히는
저 연꽃 송이들
보아라.

어느 방짜 유기ㅅ간 놋쇠 항아리
두들기는 소리가 나는구나
내 몸에서도 물에 젖은 향기가 나
그 향기 하나로 천 리 밖까지 날아가서
너의 숨결에 닿고

옥황상제의 집 열 두 대문을 밀고 들어가
댓돌 위의 가즈런한 신발도 만나고
한밤중 불 밝힌 방안 무에라 속삭이는
40년 전 누이의 목소리.

청아, 청아, 청아, 청아 —

월컥 눈물이라도 쏟치고 싶은 날

가을 물에 뒤집히는
저 연꽃 송이들
보아라.

개양할미

마음눈을 열고나면 산막집에 걸린
외로운 등불 하나도 헛것이 아니다
대인동 시장이나 자갈치 시장바닥 그 어디서나
무수히 만났던 순댓집 욕지기 할머니 같은 개양할미가
그 당집엔 산다.

굽달린 나막신을 신고 딸각딸각 해안 절벽길을 걸으며
바다 수심을 재어보기도 하고,
낼은 비가 올테니 집에 자빠졌거라, 그 물나울을 세어 보기도
하며
먼 바다 피난길 돛대 위에 부는 바람도 큰 부채 흔들어 밀어
낸다
낼은 샛바람이야, 샛바람, 아항, 늙은 말 울음소릴 낼 때도 있다.
고집불통으로 나 또한 할 일 없이 그 절벽 밑 낚시터에 나와
앉았으면
개수통에 구정물을 퍼다 버리듯 샛바람에 비를 몰아

된창 물우박을 뒤집어씌우기도 한다.

어느 날 밤은 모포 한 장에 살추위를 녹이려고 개양할미 집
에 갔다.

할멈, 나 예서 하룻밤 유하고 갈 테니 그리 알아,

아랫목을 파고들었더니

야, 이 놈아 어디에다 살 섞고 피 섞고 빗장거리하러드누,

귓쌈을 패버린 덕에 정신이 번쩍 새로 들었다.

칠산 조기 떼가 몰리고 위도 파시가 한창일 때는

치맛바람에 욕설도 한 사발씩 튀어 순댓국도 잘 말았을 개양
할미

오늘은 전주 남문시장에 나가 그 순댓국에 욕이나 한바탕 먹
고 왔으면 싶다.

*개양할미 : 격포의 채석강 용머리에 있는 수성당 할미로서 딸 여덟을 낳아 전국 8도에
하나씩 시집보내고 막내딸을 데리고 산다. 쇠나막신을 신고 부채를 흔들며 해안 절벽
을 걸어 다니며 서해를 주관하는 당할미로서 음력 초사흘에 격포 주민들의 제물을 받
는다. '띠뱃놀이'로 유명한 위도의 원당願堂 할미와 마주보고 서 있는 것이 격포당(수
성당)이다.

대숲 바람소리

대숲 바람 속에는 대숲 바람소리만 흐르는 게 아니라요
서느라운 모시옷 물맛 나는 한 사발의 냉수물에 어리는
우리들의 맑디맑은 사랑

봉당 밑에 깔리는 대숲 바람소리 속에는
대숲 바람소리만 고여 흐르는 게 아니라요
대패랭이 끝에 까부는 오백년 한숨, 삿갓머리에 후득이는
밤 쏘낙 빗물소리……

머리에 흰 수건 쓰고 죽창을 깎던, 간 큰 아이들, 황토현을 넘
어가던
징소리 꽹과리 소리들……

남도의 마을마다 질펀히 깔리는 대숲 바람소리 속에는
흰 연기 자욱한 모닥불 끄으름내, 몽당빗자루도 개터럭도 보
리숭년도 땡볕도

얼개빗도 쇠그릇도 문둥이 장타령도
타는 내음⋯⋯

아 창호지 문발 틈으로 스미는 남도의 대숲 바람소리 속에는
눈 그쳐 뜨는 새벽별의 푸른 숨소리, 청청한 청청한
대닢파리의 맑은 숨소리

눈 내리는 대숲 가에서

대들이 휘인다
휘이면서 소리한다
연 사흘 밤낮 내리는 흰 눈발 속에서
우듬지들은 흰 눈을 털면서 소리하지만
아무도 알아듣는 이가 없다
어떤 대들은 맑은 가락을 지상地上에 그려내지만
아무도 알아듣는 이가 없다
눈뭉치들이 힘겹게 우듬지를 흘러내리는
대숲 속을 가만히 들여다보면
삼베 옷 검은 두건을 들친 백제 젊은 수사修士들이 지나고
풋풋한 망아지 떼 울음들이 찍혀 있다
연 사흘 밤낮 내리는 흰 눈발 속에서
대숲 속을 가만히 들여다보면
한밤중 암수 무당들이 댓가지를 흔드는 붉은 쾌자락들이
보이고
활활 타오르는 모닥불을 넘는
미친 불개들의 울음소리가 들린다.

섬들도 때로는 한 목소리 내어 어머니를 부르고 싶을 때가 있다

눈 그쳐 햇빛 좋은 날
격포의 등대 끝에 나와 보아라
너무 오래된 이름 하나 지우고 싶어
섬들은 순백의 알들로 깨어나 한 목소리 내어
어머니를 부르고 있구나
어느 할미새가 날아오다 잃어버린 전설인지
희고 둥근 다섯 개의 알들은 물 위에 떠서
한 목소리 내어 저렇게 어머니를 부르고 있구나

위도蝟島는 북극에서 온 고슴도치의 알
여도汝島는 너의 자궁 속에서 흘러나온 알
형제도兄弟島는 물 위를 건너던 쌍봉 낙타의 알
비안도飛雁島는 허공을 미끄러져 날던 기러기의 알
우도牛島는 백제승 마라난타가 서해를 건너다
잃어버린 하얀 망아지의 알
아이스크림처럼 혀끝에서 잘도 녹는 섬들
저렇게 깨끗이 오래된 이름 하나씩 지우고 싶어
한 목소리 내어 어머니를 부르고 있구나.

추억에서
— 병상일기病床日記

옛날에도 한 옛날
어머니는 도둑놈의 각시

…… 아들은 어머니를 찾아 열두 고개와 산을 넘고
어느 길로 나서니 방울소리 들려 발부리 내려다보니
땅금이 나 있었다
땅금을 헤집고 들어가니 우물물이 있었고
우물물 속에 두레박을 밀고 내려가니
파아란 하늘이 보였다
파아란 하늘 아래 산이 다가서고
산 아래 굴딱지 같은 도둑놈의 기와집이 있었다
옥대문을 열고 방안을 들여다보니
어머니는 거울 앞에 앉아 분단장하고
마구간을 들여다보니 말은 방울을 흔들었다
어머니는 도둑놈의 각시
아들은 살진 말갈기 차며 어미를 싣고 뛰었다

파란 병 하나를 던지니 파란 바다가 섰다
도둑놈은 그래도 따라왔다
빨간 병 하나를 던지니 빨간 불바다가 섰다
그래도 도둑놈은 따라왔다

아, 어머니는 도둑놈의 각시
지겨운 여름날의 해는 길었다

바람 타는 나무

　바람이 산굽이 하나를 타고 돌다가 머무를 만한 정처定處는 어디란 말인가. 약사암에서 운림동으로 넘어가는 그 고갯길에 칠백년 노거수는 또 어디 심을 곳이 마땅찮아 이곳 마루턱이었 더란 말인가. 산도 제일로 좋은 고래 뱃속 같은 무등산을 한바 퀴 휘젓고 나오다 보면, 목도 출출하여 송풍정 보리밥 한술에 막걸리 한 동이쯤은 으레 동이 나는 법이라, 여럿의 산행인들 틈에 묻어든 날은 이 평상의 그늘에 누워 나도 깜빡 한 졸음씩 졸다보면 바람 탄 나무였다네. 수런수런 깨어오는 잎새들 사이 눈 가리개의 그 하늘들, 마치 회칼로 져며낸 붕어치나 버들치 의 살점들 같았네.

　또 배를 뭉개고 가는 흰바구지꽃과 노새와 짝새도 그 이파리 들 속에는 다 들어 있는 것인데, 백석白石이 그리워한 나타샤와 흰 당나귀 울음소리도, 마가리로 떠나는 세간살이도 놋접시 깨 지는 소리들도 다들 절로는 잘 들려오는 것이었네.

　그보다는 우리 사는 날들 매양 서러워 이 고갯마루턱에서 동

북동北東간 어디, 오십 리 밖 동북이나 화순골쯤 친정집 마을 어머
니와 시집살이 환장한 딸년이 유두나 백중날쯤 때 잡아 기별
통지하고 나와 설움을 바가지로 떠내는 그 반보기 나무는 아니
렸을랑가 몰라, 그러면서 보아라, 시방 팔팔거리는 느티의 겉
잎새들, 벌써 등이 휘어 저승 갈 듯 빼랑빼랑 쇤목소리로 울고,
그 겉잎새들의 우듬지에 촘촘히 들어찬 속잎새들 눈 비비고 깨
어나 청자수青磁水병이나 진사辰砂항아리를 빚어 구름 탄 학鶴
을 불러들이는 그 능청스러운 웃음과 손모가지들을! 그 속눈썹
들을! 또 어느 가지에선 통꾼*이 다 된 아이들이 닥나무밭 닥종
이를 한 장씩 떠내어 허튼가락 귀얄로 풀을 바르고 피워 낸 그
영원이란 이름의 포름한 난초꽃들을!

*통꾼 : 한지를 떠내는 사람.

목련한화 木蓮閑話

죽은 할미의 흰 손이 보인다
웅얼웅얼 꽃가지와 꽃가지를 걸어다니며
우리 큰딸아이의 미열微熱을 골라 짚는 소리……
한 발짝만 얼씬해 봐라 토방 아래 칼금 내는 소리
칼을 맞고 돌아서는 객귀客鬼의 신발짝 끄는 소리
쉰 목소리에 발을 절며 돌아가는 북풍北風의 검은 머리카락
이 보인다
　무던히도 지청구러구의 어린 손주놈들 발바닥 티눈을 핥으
며 고스랑거려 쌌는 소리……
　죽은 할미의 흰 손이 마른 꽃가지를 걸어다닌다.

비로소 고절苦節 많은 살림 끝에 풀이 나는 정성
흰 사기잔 몇 개 마련인 것
대대로 정화수井華水 치는 법은 잊지 않았지만
몇 개의 사기잔은 죽은 듯이 엎어져서 지나가는
길손을 불러들이라 한다.

오늘 주안상엔 그처럼도 할미 손때 씻긴 사기잔 몇 개 떴다

성긴 구름발 두엇 뜰로 지나고 올 가에 흰나비만 떠도 아뜩
한 생각…… 괴춤에 감艦빛 호리병을 차고

시름겨운 벗 하나 올 듯 올 듯한 기척……

할미의 손은 약손이라……

귀머거리 할미의 손은 약손이라

아무 데서나 보이잖게 숨어서 보듯

씨암탉이 병아리를 내릴 때도 부정 탈라

부정 탈라 개토흙을 치고 금줄을 치고 삼칠일만에 병아리는
삐약거리며 뜰로 나섰다.

둥지 안에 수부룩이 쌓이던 달걀껍질…… 봄뜰에

일 없이 목련木蓮이 진다.

덧정*

약사암을 구릉에 두고
새인봉을 쳐다보는 고갯길 송풍정 앞엔
7백년을 자랑하는 노거수 한 그루가 정정하다
예부터 운림동 마루턱에서
마을 지킴이로 서 있으니 접신을 해도
일곱 번을 더했을 나이

어따 마시, 우리 그 그늘 속에서
송풍정 보리밥 한 술 어떤가?
정년을 하고 아직도 다리심이 남아 억울하다는
김 선생을 불러낸다
서석대나 바람머리 재가 좋아서가 아니라
촘촘한 이파리들이 하늘 가리개로
부드러운 햇빛과 바람을 여과시켜 주는 그늘이
좋은 것이다.
이쯤에서 서로가 땀을 닦아주고

반반쯤은 해묵은 김치 같은 정을 나누어 줄 수 있어
좋은 것이다.
그늘과 끈— 살아가면서
어린 날 소고삐를 바투 잡듯이 놓지
않는 일은 얼마나 덧정나는 일인가.

어이, 어따마시 내일은 주말인데
송풍정松風亭 보리밥 한 술 어떤가?
고추당초 매운 시절
일년에 한 번쯤 유두나 백중날쯤
날 잡고 터 잡아 반보기**로 기별 통지하고
고개턱에 올라
친정어머니를 뵙듯이 말이네.

*덧정 : 정분이 나면 그에 딸린 것까지 사랑스러워지는 정.
**반보기 : 중로中路보기라고도 한다. 시집살이가 고된 딸과 친정어머니가 일년에 한 차
  례씩 중간지점에서 만나보았던 풍습.

제4부
그늘

그늘

그늘이란 말 아세요
맺고 풀리는 첩첩 열두 소리 마당
한恨의 때깔을 벗고 나면
그늘을 친다고 하네요.
개미란 말 아세요
좋은 일 궂은 일 모래알로 다 씻기고
오늘은 남도 잔치 마당 모두들 소반상을 둘러앉아
맛을 즐기며
개미가 쏠쏠하다고들 하네요.
순채란 말 아세요
물 속에 띠를 늘이고 사는 환상의 풀
모세관의 피를 맑게 거르는……
솔찮이란 말 아세요
마음 외로운 날 들로 산으로 바자니며
나물 바구니에 솔찮이 쌓이던 나숭개 봄나물들……
그러고도 쑥국과 냉이 진달래 보릿닢 홍어앳국……

벌천이란 말 아세요
시집온 지 사흘 벌써부터 기러기 고기를 먹고 왔는지
깜박깜박 그릇을 깨기만 하는 이웃집 새댁……
사는 재미도 오밀조밀 맛도 아기자기
산 굽굽, 물 굽굽, 휘어지는 남도 칠백 리
다 우리 씀씀이 넉넉한 품새에서
그늘을 치고 온 말들이에요.

큰사랑 옆

우리 역사는 털돋친 무명씨를 깨뱉는 씨아의 한숨 같은 것이냐
한 집 닭이 울면 한 집 닭이 울고 급한 파발말 뛰듯
한 동네 닭이 울면 한 동네 닭이 울고 또 한 동네 닭이 울면
또 한 동네 닭이 울고 남산을 서른 세 번 들었다 놓은
파루가 새벽을 치면 도포갓이 밀려드는 우리 집 큰사랑
귓속말 같은 것이냐
할아버지 동학 접주로 칼을 물고 죽었다는 그 큰사랑 옆
그때 심었다는 대추나무도 가을바람에 늙은 거머리처럼
시들해져서, 열다가 말다가 한 줌씩 두 줌씩 떨어지다가 말다가
끝내는 농가 개량 주택 사업으로 반쯤 허물어진 그 큰사랑도
아주 헐리고, 대추나무도 도끼날에 넘어져 가마솥 아궁지에서
타고 만 피슥거리는 그 불꽃같은 것이냐. 그래서 할아버지의
일에 관한 것이라면 모조리 그 아픈 기억을 잊으려고
마루청 밑 구르는 나막신까지를 끌어내어 죄다 불사르고
말았는데 또 그 베어 버린 대추나무 그루터기 오다말다한 장
마비에

돋던 독버섯, 나는 구둣발로 짓뭉개 버리고 말았는데 올봄 무슨 일로

고향에 가 그 큰사랑 옆 그때 심었다는 대추나무 그루터기에서

무슨 이적異蹟처럼 대추나무 새 순이 한 뼘 가웃은 실히 됨직하게

자라 오르고 있지 않겠는가. 나는 다시 내 눈에 연한 대추물이 들기면서

바람아 불어라 대추야 떨어져라 바람아 불어라 대추야 떨어져라

내 볼엔 어느 새 대추씨 같은 눈물까지 보이면서 이 할아버지의

일대기一代記를 묻어 버릴 것이 아니라 이 눈물로라도 어린 싹을 키우겠다는

아 그 말 아닌가.

*파루 : 새벽 통금을 해제했던 북소리 (조선시대)

아도啞陶

아도란 무엇이냐
질그릇이다.
인사동 골짜기의 고물상 같은 데 가서 만나보면
입은 기다랗게 찢겨져 있고 두 귀는 둥글게
구멍이 패여 있는
입이 있어도 벙어리고 귀가 있어도 귀머거리인
못생긴 우리네의 질그릇이다.
유언비어를 날조하거나
겁쟁이 지식인들의 입을 누르는
그것은 시어머니가 며느리에게 은밀히 건네는
유가풍의 금서禁書와 같은
질그릇이다.

사화가 극심했던 시절엔 서울의 아도상商은
짭짤한 재미를 보았고
외세가 판을 치던 시대엔

주먹만한 아도를 사들고 관직에서 떨려난 선비들은
줄을 이어 낙향했다.
우리들의 입에 재갈 물리고 귀에 자물쇠 채우는
이 희한한 물건은
이태조가 서울의 땅기운을 끄기 위해
간신배 정도전을 시켜 고안해낸 물건이었다.
또한 수상기가 오른 입의 뻗세디뻗센 집 문간엔
아도 일백 개를 사서 쌓아두기도 했다.

신라 때 복두장이는
하루 아침 임금의 귀가 당나귀 귀로 변해 버린 것을 보고
우리 임금의 귀는 당나귀 귀
우리 임금의 귀는 당나귀 귀
도림사 대숲가에 가서 외치다
아무도 듣는 이 없어 복장이 터져 죽었다지만

나는 오늘 이 도시의 어디선가

목을 조르며 도둑고양이처럼 오는 최루탄 개스에

재채기 콧물 눈물범벅이 되면서

잎 핀 오월의 가로수 밑에 비틀거리면서 비틀거리면서

그 시대에서 한 발짝도 더 깨어나지 못한

또 하나의 아도가 되어가는 내 모습을 본다.

아도 아도 아도 아도 아아아아 아도

이 땅의 시인이여 만세.

*아도啞陶 : 조선 건국시 이태조가 정도전을 시켜 만든 주먹만한 질그릇. 입은 찢어져 있고 눈이 감겨 있는 얼굴모양이었는데 이 그릇을 지식인의 대문간에 하룻밤 새 100개씩 쌓아 놓으면 '말조심' 하라는 요시찰 인물임을 표시했고 그래도 입이 빳빳하면 끌어다 고문을 가했다고한다.

호남湖南 검무劍舞

우마발사위 엇박으로 뛰는 춤사위
시원하고도 활달하다

넓은 들 도리깨질 타작인가
염불장단 쌍칼이 허공에서 운다

쌍오리는 둘이 얼싸안은 태평무舞
진격태는 황토현을 넘는 용맹무舞

붉은 전립 색동옷 남쾌자자락 넌실넌실
애살포시 흘리는 저 나비고름

연풍대를 돌아드는 외칼부림
우리 산천 그 휘모리가락 분명타.

섬진강에서

어초장漁樵莊*에 서서 보라
섬진강이 저문다
저무는 섬진강에 서서 보라
지리산이 저물면서 자울림으로 귓속말 일러준다

'태초에 강이 흘렀다. 섬진강과 금강이다. 남도의 지형에서
보면, 모두 수분재에서 발원한다. 그 고개마루턱에 노간주나무
한 그루가 서 있었다. 천둥이 치고 빗방울이 후두둑 듣긴다.

그 나무 잎새를 타고 빗방울이 흘러내린다. 북쪽으로 뻗은
나뭇가지의 잎새에 빗방울이 듣기면, 북쪽 땅으로 떨어져 실개
천을 이루어 금강 상류의 발원지가 되며, 남쪽으로 뻗은 나뭇
가지의 잎새에 빗방울이 듣기면 남쪽 실개천을 이루어 섬진강
상류의 발원지가 된다. 섬진강은 지리산을 적셔 남도 벌판 천
리에 뻗친다. 금강은 닭기비 같은 계룡산을 적시며 거꾸로 흐
르기 때문에 지기쇠왕설, 왕동설로 시끄럽지만, 섬진강은 중후
한 지리산을 에둘러 화조월석花朝月夕으로 모래 가람을 만들고

간다. 맑은 바람이 일어나고 백사청송白沙靑松의 가지가 휘눌어져 깊은 그늘을 친다. 달밤에는 지리산녀가 신궁神宮을 짓고 모래밭에 내려와 빨래를 헹구거나(浣沙浣月), 금가락지를 벗거나(金環落地)하는 소리가 들린다.'

　저무는 섬진강 모래밭을 딛어 보아라
　악양동천 떠오른 달이 그 귓속말 일러준다.

　애인과 함께 이 강가 모래밭을
　거닐어 보아라
　청학동천靑鶴洞天 쏟아지는 별들이
　그 귓속말 자울림으로 다시 일러준다

　동리산과 도선국사, 옥룡사의 동백 숲을 비보 삼아
　이 강가 모래밭에서
　한 이인으로부터 순양지도巡洋之圖**를 물려받고

그 모래 그림 속에 좌청룡, 우백호
남주작, 북현무, 남북강산 땜질하는
그 비보사상裨補思想,

쥐코밥상 개다리 소반상도 고쳐 쓰고
귀 떨어진 엽전도 때워 쓰는
착한 사람들이
이 강가 모래밭에 모여 산다

오늘도 모래톱에 착한 아이들
두 셋이 나와
모래성을 쌓고
그 순양지도 다시 펼쳐 본다

가재야 가재야
네 집에 불났다

쇠스랑 들고 나오너라
헌물 내려보내고 새물 줄께 나오너라
쇠스랑 들고 나오너라

회개동천, 악야동천, 청학동천이
귓속말로 귓속말로 이 새물노래 다시 일러준다.

*어초장漁憔莊 : 필자의 서재
**순양지도巡洋之圖 : 도선국사(옥룡자)가 지리산 도인으로부터 섬진강 모래밭에서 물
려받았다는 모래그림 지도. '삼한순양지도'라고 하며 '도선비기'가 되었다고 함.

토종범
― 광개토왕 비碑

범 나려온다

송림의 좁은 길로 한 짐승이 나려온다

누에 머리를 흔들흔들

두 귀는 죽죽 찢어지고

꼬리는 잔뜩 한 발 넘고

몸은 멍숭들숭 등개 같은 뒷다리

전동 같은 앞다리 쇠낫 같은 발톱으로

잔디 뿌리 왕모래 자르르 헤치며……

본적은 백두산 산일번지山―番地란다

앞발로 장백산 정기를 무너뜨리고

단숨에 압록강 천리 물줄기를 뛰어넘어

북만주 넓은 벌을 질러 시베리아 우랄산맥까지 지쳐나가

백곰의 대갈통을 부수며 생피를 마시며

도대체 천하에 잡식을 하는 놈은 어느 걸신들린 비렁뱅이냐?

두 발로 기지개 켜며 늠름한 천성天性을 드러내는

누가 우리 토종범의 울음소릴 들어보았는가
순하게 눈발 개고 반도의 산허리에 아침 햇빛 올 때
물컹이는 쑥내음 잔잔한 남해의 솔바람 소리 그리워
심호흡 한번 끝에 이 숲 저 숲 다 털어내어
한겨울 태백산 사냥꾼들 잠을 깨워
잡식을 벌어 먹이는
누가 우리 토종범의 미덕을 지켜보았는가

어느 날은 노령산맥까지 지쳐나가 눈사태의 음향을 일으키며
눈에 쌍불 켜고 맷방석만한 꽃발을 치며
겨울바람에 바퀴 빠져 덜컹거리는 배들 평야 한번 굽어보고
터는 좋은데 터를 끌 사람 없어? 터를 끌 사람 없어?
숭시도 아니데 에취 이거 어디서 오는 쉬긴 호박죽내야?

어흥, 재채기 한번 하고 뒷발굽 바람을 차며
단숨에 지리산 턱봉을 뛰어넘어 콧수염 한번 추스르고

114

물컹이는 쑥내음 남해의 솔바람 소리 마시며
일격에 백두산까지 지쳐나가는
누가 우리 토종범의 울음소릴 들어보았는가

아그라 마을에 가서

우리의 신神은 콩꽃 속에 숨어 있고
듬뿍 떠놓은 오동나무 잎사귀
들밥 속에 있고
냉수 사발 맑은 물 속에 숨어 있고
형벌처럼 타오르는 황토밭길 잔등에 있다
바랭이풀 지심을 매는 어머니 호미 끝에
쩌렁쩌렁 울리는 땅
얼마나 감격스럽고 눈물나는 것이냐

캄캄한 숲 너머
모닥불빛 젖어 내리는 서북항로
아그라, 아그라
내 사는 조그만 마을
왔다메!
문둥아 내 문둥아 니 참말로 왔구마
그 말 듣기 좋아

그 말 너무 서러워
아 가만히 불러보는 어머니

솥단지 안에 내 밥그릇 국그릇
아직 식지 않고
처마 끝 어둠 속에 등불을 고이시는 손
그 손끝에 나의 신神은 숨쉬고
허옇게 벗겨진 맨드라미
까치 대가리
장독대 위에 내리는 이슬
정화수 새로 짓고
나의 신神은 늙고 태어나고
새새끼처럼 조잘댄다

(이 시는 1982년 수마트라 정글 속에 있는 아그라 마을에 가서 쓴 시임.)

남원운문南原韻文

월매의 기와집 네 추녀 끝이 허공에 나뜨는 날
지금도 그 후미진 초당 어디쯤 후원을 돌아가면
보기 좋은 수양버들 가지 하나 동편으로 휘어져 있느니라
발심 좋은 외그네 한 틀도 그냥 그 자리 놓여 있느니라

둥기둥기둥기야 둥 떠
버선발로 그 가지 끝 치차 방울을 차올릴 때
허공을 돌아나가는 산울림하며
아득한 방울 소리에도
우리 춘향 아씬
두세두세 두 가슴 울렁울렁
아찔하였던가 보드라

남원南原 사람아
두리기둥 단청이 으리으리 눈부신 날
쥘부채 손에 쥐고

광한루 오작교를 오르면
남원南原 사람아
5월 한낮의 정적 속에서 물밀 듯 터져오는

이 화냥기 같은 사랑은
네 것이로다

산을 밀어붙이듯
산을 밀어붙이듯
임방울의 쑥대머리도 잘 먹혀드는 날

남원南原 사람아
저 떠도는 흰구름들과
신록들의 연한 빛과
지금 칠칠한 저 밝은 빛 하나로 넘쳐흐르는 강물은
네 것이로다.

칠불암에서 띄운 편지
– 무당은 왜 댓가지를 흔드는가?

먼 나라 신라 적 또는 그 후의 이야기란다
천여 명 비구들이 들끓는 날은 대개는 끼니때마다
쌀 씻는 뜨물이 삼십 리 밖 계곡을 흘러
섬진강까지 띠를 두른 서리꽃이 하얗더란다
배고픈 날은 쇠메 든 산도적山盜賊들도 나와
그 뜨물 옹배기에 받아 죽을 쑤고
허기를 푸는 날이 있었더란다

사개 물린 집터 아자방亞字房이 섰던 자리
검게 그을은 주춧돌, 그래서일까 지금도
확 닳아 오르는 밥 냄새
우리들 구수한 인정의 이야기는 또
이 산하 몇 굽이를 타고 흘러가다
무슨 꽃밭으로 넉살좋게는 흐드러졌을거나

저녁 공양 물리고 나니 넉넉하고 또 넉넉하여라

120

놋주발보다 쨍쨍 울리는 달빛, 구절초
마른풀로 띄운 격자 무늬
창호지 문발 보고 홀로 누웠으니
이 세상 깨끗하고 또 깨끗하여라
그 위에 휘어졌다 스치곤 휘어졌다 내리는
대숲 그림자 하나

무릎장단 팔베개 외로 틀고 누워
가만히 혼자 듣는 웃음
떠오르니 일월산日月山 황씨 처녀
첫날밤 갈아끼운 개짐에
아직도 핏물 구멍 안 난 것은 얼마나 좋은 일이냐

⋯⋯바우와 황씨 처녀 짝을 이룬 날 밤도 이러하였을거나
신방에 촛불 켜고 신랑은 그 시각에 웬 오줌이 마려웠던지
(나도 지금 오줌이 마려운데) 더듬더듬 뒷간을 다녀올 수밖에

어스름 달빛 뜨고 신방문에 든 칼날 같은 그림자 하나
옳지, 억쇠로구나 죽어서도 같이 살겠다던 억쇠로구나
바우는 바보같이 신라 적 바보같이……
신부는 원삼 입고 족두리 쓴 채 꼭 두 석삼년 망부석이 되어
기다렸고나
살도 살도 무서운 원한살이 되어 오랜 세월 이 산하
검은 강물 검은 울음 이끌며 검은 나비 되어
청청한 댓잎파리 숨을 받아
일월산 별신굿 큰마마님이 되었고나.

무너진 천년 칠불
한밤 내 휘어졌다 스치곤 휘어졌다 내리는
빈 대숲 그림자 하나
친구여 밤새도록 듣는 이 이야기
너 또한 무릎장단으로 알아듣기나 할는지.

괘등掛燈

살아갈수록 낯설어진다. 40년이나 켜온 내 방의 형광등이 낯설어지고 티브이 화면이 자꾸만 낯설어진다.

명함을 내놓고 뭐라 떠드는 한밤의 낯익은 그 얼굴들, 매양 만나고 보는 사람들인데, 그 목소리가 싫어지고 이 땅을 가득 무엇으로 물들이겠다는 그 혁명의 한밤중에

그들의 형광 물질보다 나는 따뜻이 살아 있는 이 국토안의 등불이나 꽃의 상징이 더욱 그립다.

여행은 새로운 삶의 시작이고 끝이라는데 그래서 한밤중 지도놀이는 내 살아 있음의 이유가 된다.

백두대간을 흘러오다 가지 뻗은 산맥들, 그 등뼈 하나의 추스름으로 어떤 상징 하나를 기운차게 따라가다 보면 태백산맥 아래 휘어진 청송淸松의 주왕산이 나오고 다시 영천의 보현산을 건너뛰어 한 산맥이 금성의 비봉산인 쇠머리를 만든다.

산이 다하고 나서야 물도 새로 오는 법인가, 관광지도 속에선 때아닌 ▲이 하나 돌출하고 먹물 같은 ⬒이 한 채 점 찍혔다. 이름하여 오토산五土山 오토재五土齋! 의성 김씨 9세조인 김용비

金龍庇의 무덤 자리며, 그 직계 후손으로 6부자 등과 집안인 학봉 김성일(1538~1593)이 재실을 갖추었고, 4부자 등과 집안인 동강 김우옹이 비문을 적었다.

김용비는 고려조 태사첨사로 3백 년이 지난 중종 때까지 읍민들의 제사를 받았다 한다.

동강의 13대 종손인 심산 김창숙 옹은 항일운동으로 앉은뱅이가 된 독립유공자, 1919년 전국 유림의 대표로 독립 청원서 작성, 상해로 튀어 임정 의정원 의원, 그곳에서 체포, 징역 14년, 대전형무소 복역, 해방 후 초대 유도회장—성균관 대학장, 이승만 독재 항거—

40일간 옥고—이는 다 김용비의 무덤 자리에서 일어난 동기 감응同氣感應*이라 그 산의 동북방에는 베틀바위가 있어 옥녀직 금형玉女織錦形**으로 밤에도 등불을 걸면 베 짜는 소리 그치지 않았다 한다.

새벽닭이 울 무렵엔 뉘 집 명당 자손인고! 도깨비들이 한바탕씩 들쑤시고 갔다 한다.

그래서 오토재의 한 관리인인 김태영(69) 씨는 지금도
그 재실의 입구에 밤마다 두 개의 등불을 건다.
폭설이 지는 밤에도 옥녀 베 짜는 소리, 두 그루 장수매화長壽
梅花가 피어 오토산 한 채를 다 적신다.

또 한밤중 나의 지도놀이 속에선 눈발이 가늘었다 굵어진다.
천리 격한 먼 오토재에서 흘러온 불빛이 한겨울밤, 이렇게 세
차게 살아나서 내 서재의 침상 하나를 괸다.
아아 이 강산 찬 이불 속에서도 그 장수매화가 핀다.
아아 이 교감交感 따뜻하여라!

*산서山書에서 쓰는 용어. 한 기氣에서 태어난 모든 만물은 서로 감응 한다고 봄.
**선녀가 베 짜는 명당혈明堂穴.

죽부인竹夫人

나의 소시적 어느 날이던가
집안엔 먹물 같은 정적의 고요 가득하였다
마당에선 지네발로 크던 감나무 그림자가 자꾸 졸아 들고
가위눌려 잠을 깨면 나는 오금을 펴지 못하였다
어머니 젖꼭지를 문 채 잠들다 서답돌 귀퉁이에 반달 같은
서러운 꿈을 묻었나보다
무서움에 한참을 떨며 발목까지 오줌은 흘러가고
사랑채의 쪽문을 열고 가면
할아버지는 노상 대청마루에서
베개 삼아 죽부인을 끼고 누워 아까 내가 꾸다 둔 그 서운한
꿈속에
젖고 있었다.
죽부인의 가슴팍을 더듬으며 참 어중간한
손장난을 하고 있었다
나는 그 뙤약볕 정적 속에서 키들키들
웃지 않을 수가 없었는데

지금 생각하니, 사람이 아무리 철들고
논어 맹자를 읽어가도
그 무엇을 더듬는 은근한 손버릇 하나는
긴 봄날에 한 사발 냉숫물에 목을 축이듯
또는 서귀포에 와서 내가 귤 하나를
덕지덕지 손때 묻혀
영 놓지 못하고 가듯이
…… 평생을 참 그럴 거라는 것이다.

솔바람 태교胎教

산벚꽃잎 죄다 져내려 골짝 물 따라가고
돌배나무 흰 꽃잎이 산을 휘덮은 마을
이때쯤은 아무도 모르는 그 마을에
은은한 솔바람이 뜨기 시작한다.

당찬 60령 고개를 휘어넘어
뱀사골, 우리는 늦깎이 아이 하나를 실어 놓고
솔바람 태교를 하러 가는 길이다.

누가 심었는지 애솔 하나 자라
마을 지킴이로 천년송이 되고
서리서리 용비늘 뒤집어 쓴 채 꿈틀거리면
온 골짜기 청비늘 가르는 솔바람 소리
겹겹 에워싼 저 능선들의 이마가 서느랍다.

초밤 별이 서느랍고

밤중에 뜬 유정한 달이 서느랍다
소짝새 울음이 한바탕 자지러지니
뱃속에 든 아이의 배냇짓 잠도 서느랍다.
그녀는 항만한 배를 내밀고
천년송 아래 섰다.

화공畵工이여, 눈물나는 우리 화공畵工이여
월하미인月下美人도를 그리려거든
이쯤에서 그려라.

* '솔바람 태교 마을'은 실재하는 마을로서 지리산 뱀사골 외운리外雲里에 있음.

궁발거사窮髮居士

뭐, 그 나이에도 신새벽에 일어나
여의도 광장을 한바퀴 삥잉 돈다고?
일요일엔 관악산에 올라 야호—를 외친다고?

자네 소슬한 가을밤에
철렁철렁 우는 방울 소리 들어보았는가

풍덩풍덩 지그재그로 뛰는 숭어
꼬리로 물창을 치는 잉어
쏘가리와 날치는 수평으로 날지
눈치는 눈치 없어 바깥세상 일 몰라
환한 물밑을 긴다네

복지부동 뱀장어는 야행성이지 똥
지렁이를 좋아한다네
팔뚝만한 그놈을 낚아 중탕을 했더니

서울 제자 내려와 두꺼비 파리 채듯 채어가더군
자네 힘깨나 쓰는 중앙권력 깔고 앉아서
거드름 피우더니
이젠 간肝이 영 못쓰게 됐다면서?
간肝 아픈 데는 때깔 좋은 참붕어가 젤이지

자네 낚싯대 위에 둥근 만월이 앉아서
기타 치는 소리 들어보았는가
혹은 섬진강 쪽달이 뒷물하고 앉아서
천하대관, 거름 보시하는 것 보았는가

함박눈이 펄펄 내리는 겨울에도
그 움막 속 라면이 끓고 있네

온다온다 하면서 단풍철 다 놓쳤거든
황달 백태 들기 전에 눈 내리는 날 오게나
이 시대의 궁발거사가 어디 따로 있당가?

제5부

백련사 동백꽃

비로봉 오르는 길에서
— 신혜성가 新彗星歌

옛날 세 화랑이 산이 보고 싶어
산 중에서도 금강산이 또 보고 싶어
비로봉을 오르는데
비로봉 위에 우거진 그 홍싸리밭 별들은
내려와 길을 쓸고 있었는데
그걸 두고 변괴라 아뢴 사람이 있었다

아, 변괴는 무슨 변괴?
산정기山精氣가 하도나 맑아 별들도 가장 가까운
비로봉 비탈에 밤소풍 나온 거겠지!

그걸 두고 또
첨성대 위에 터억 올라앉은 일관日官들은
백조좌座나 독수리좌座의 별들이 밤새도록 동해에
추락하는 것을
또 그렇게 소리친 거겠지!

아니라면,
왜적倭賊들이라도 쳐들어 왔더란 말인가
혹은 변방邊方의 성城중 어느 하나라도 떨어져
나갔더란 말인가?

그때는 비로봉과 별들과 또 금강산과 비로봉을
오르는 사람들과 밤 쑥꾹새 소리도 우주와 내통하고
한 통속이 되어 맥도 잘 짚고 침통도 잘 흔들었더라는
이야기인데,

오늘은 그 혜성가彗星歌의 길을 쓸면서 비로소
내가 비로봉을 오른다.

낙락장송落落長松, 기암괴석奇巖怪石 외틀어지고 비틀어져서
구룡폭포가 쏟아지는 고개 마루턱
나는 북조선 안내원이 가져다 준 그 소망통이란 것에

당뇨가 줄줄 새어나온 뿌연 오줌 줄기를 내뿜는데
또 흰 버캐는 비로봉 위에 떨기구름처럼
피어오르는데,

남조선 아바이들 큰일 났구만! 하초下焦가 이리 부실해서야!
소망통을 들고 돌아서는 안내원의 등뒤에서
또 구룡폭포는 맥도 모르고 쏟아지는데
나는 주저앉을 듯 헐렁한 바지의 고의춤을 추스린다.

백련사 동백꽃 · 1

동백의 눈 푸른 눈을 아시는지요
동백의 연푸른 열매를 보신 적이 있나요
그 민대가리 동자승의 푸르스름한 정수리 같은······
그러고 보니 꽃다지의 꽃이 진 다음
이 동백숲길을 걸어보신 이라면
아기 동자승이 떼로 몰려 낭랑한 경經 읽는 소리
그 목탁 치는 소리까지도 들었겠군요
마음의 경經 한 구절로 당신도 어느 새
큰 절 한 채를 짓고 있었음을 알았겠군요

그렇다면 불화로를 뒤집어쓰고 숯이 된
등신불等身佛 이야기도 들어 보셨나요
육보시 중에서도 그 살 보시가 으뜸이라는데
동백꽃 피어 산문山門 밖 저 구강포의 바닷길까지
등燈을 밝힌다면, 보시 중에서도 그 꽃보시가 으뜸인
오늘 이 동백숲을 보고서야 문득 깨달았겠군요!

한 세월 앞서
초당 선비가 갔던 길
뒷숲을 질러 백련사 법당까지 그 소롯길 걸어보셨나요
생꽃으로 뚝뚝 모가지 채 지천으로 깔린 꽃송아리들
함부로 밟을 수 없었음도 고백하지 않을 수 없겠군요
조심히 접어 목민심서 책갈피에 꽂았더니
누구의 울음인지 한 획 한 글자마다 낭자한 선혈
애절양 애절양으로 우는
동박새 울음이 유난히 슬픈 봄날이었지요

동안거冬安居도 끝나고 구강포 겨울바람이 설치면
어느 큰 손이 부싯돌을 긋는지
꽉꽉 날리는 불티 몇 점도 보셨나요
그 불길 동백숲에 옮아 붙어 아련한 모닥불로 번질 때
그 불기운으로 저 정수사 앞 뜰 흙가마 속
청자수병靑磁水餠이 솟고, 그 수병 속 물길 휘둘러
바다도 쪽빛으로 물들고 있었음을.

가을볕

여름 장마에 누습이 든
능화판* 문양의 비단 표지表紙 좀슬은 책들을 꺼내놓고
곰팡이 얼룩을 지우며
가을볕에 책을 말린다

첩첩 산중에 흰 구름이 일듯
한 장씩 책장을 넘길 때마다
행간들에서 소슬한 바람이 일고
캄캄한 묵향墨香이 코 끝에 시리다

축축하게 구겨진 옷가지들을 빨아 널 듯
내 영혼 한 숟갈 표백제처럼 물에 풀린 한나절은
어초장魚礁藏 산 굽이를 휘돌아나가는
섬진강 물줄기에도 가슴이 두근거리고
마당가 감나무 떫은 감들도 단물이 들대로 들었는지
벌써 뺨들이 붉다

이 가을엔 농부들이 거피한 알곡들을
지붕 위에 널어 말리듯이
나도 가을볕에 나와 거풍擧風을 하고 섰다
장악원 악공들이 여름내 녹녹해진 북 가죽 끈을
소리 없이 죄듯이.

*능화 : 물풀로서 덩굴이 수면까지 솟아오르며 줄기 끝에서 꽃이 되어 수면을 가득 덮
는다. 전통적으로 책표지 문양으로 써왔기 때문에 이에 기인하여 보통 책표지를 능화
판이라 한다.

춘향이 생각

앞산머리 자줏빛 구름 옥색 빛이 섞갈려 휘돌더니
그 빛 연한 솔잎마다 그늘지는 소리
산봉우리들도 수런수런 잔기침을 놓아
보기 좋은 달 하나 해산解産하고
몸을 푼다.

선한 눈, 코, 입, 짙은 숱, 눈썹
처음 눈맞춘 죄로
옥사장 큰칼을 쓰고 창틀을
넘어다볼 줄이야!

진개내 앞냇가에 개가 짖어 개가 짖어
한밤내 은장도 날을 갈아
눈물에 띄운
달하

귀기서린 앞산 그리메
밤부엉이 울어쌌는데

구리 동전 녹슨 상평통보
몇 바리쯤 동헌 마루에 져다 부려야
이 몸 하나 평안하겠느냐? 평안하겠느냐?

자수刺繡

어머님 한 땀씩 놓아가는 수틀 속에선
밤새도록 오동나무 한 그루가 자라고 있다
매운 선비 군자란 싹을 내듯
어느새 오동꽃도 시벙글었다

태사太史신과 꽃신이 달빛을 퍼내는 북전계하
말없이 잠근 초당 한 채
그늘을 친 오동꽃 맑은 향 속에
누가 당음唐音을 소리 내어 읽고 있다

그려낸 먹붓 폄을 치듯 고운 색실 먹여 아뀌 틀면
어머님 한삼 소매 끝에 지는 눈물 오동잎새에 막 달이 어린다

한 잎새 미끄러뜨리면 한 잎새 받아올리고
한 잎새 미끄러뜨리면 한 잎새 받아올리고
스르룽스르룽 달도 거문고 소리 낸다

어머님 치마폭엔 한밤 내 수부룩히 오동꽃만 쌓이고…….

부석사浮石寺 가는 길

소백산 바람소리 귀를 묻고
부석사浮石寺 가는 길
천 년 넘도록 붉은 옷자락 펄럭이며
서 있을 선묘, 꿈꾸는 선묘善妙
온천장을 들러 몸 씻고 가리라
눈 크고 발바닥 좁은 당唐나라 처녀
치마촉 한번 내준 죄로
젊은 스님 따라 절을 쌓은 여자
풍기 순흥 안흥 사과꽃밭 지나
귓불에도 흰 사과꽃이 날리는 여자
휘청거리며 휘청거리며 부석사 가는 길
선묘각 앞까지 나가 단지斷指하고
마음 속 큰 절 하나 지으리라.

한 채는 호준이의 탑塔
한 채는 문지의 탑塔
한 채는 못다 친 처사랑 서른여섯
그렇게 간 당신의 탑塔

연비燃臂

목어木魚가 울 때마다 물고기들의 싱싱한 비늘이 떨어지고
운판雲板이 자지러질 때마다 날짐승들마저 숨죽이며 날았다
어떤 침묵 하나가 이 세상을 여행 와서 더 큰 침묵 하나를
데리고 그림자처럼 지난다
문득 회나라*의 불꽃더미 속에서 조실祖室 스님의 흰 팔뚝
하나가 불쑥 떠올라왔다. 그 흰 팔뚝에서 아롱진
연비** 몇 방울이 생살로 타면서
얼음에 갇힌 꽃잎처럼 나의 감각을 흔들었다.

사람이 죽으면 하늘로 가 구름 되고 비가 되어
칠칠한 숲을 기르는 물이 되고 햇빛 되는 걸까
그 후, 나는 고개를 꺾으며 못된 습에 걸려
무심히 핀 들꽃, 날아가는 새에서도
조실의 흰 팔뚝을 떠올리며 어린애처럼 자주 길을 잃고
헛기침 끝에 온몸을 떨었다.

아니다, 아니다, 조실祖室은 가지 않았다
어떤 믿음의 확신 하나가 이 세상에 다시 와서
나는 참으로 몹쓸 병病을 꿈에서도 앓았다.

눈보라치는 섣달 겨울 어느 날, 그의 방문을 열다가
평상시와 다름없이 웃목에 놓인 매화분의 등그럭에서
빨간 꽃망울 몇 개가 벌고 있음을 보았다.
뜨거운 연비 몇 방울이 바야흐로 겨울 하늘에서 녹아 흘러
꽃들은 피고 있었다.

*희나리 : 덜 마른 생장작.
**연비撚臂 : 불교에서 수행자들이 계를 받고 나서 팔뚝에 불을 놓아 문신처럼 떠내는
 의식 또는 그 자국.

애일당愛日堂시

초희와 균, 오누이가 먹고 자란 순두부
초당리에 와서 우리도 순두부를 먹는다
바다 하늘 호수 술잔뿐 아니라
마음 속에도 달이 떠서 다섯 개라는
경포호의 달밤을 버리고 애일당을 찾는다
대낮에 피는 꽃이 아니라 남 몰래
아침 해를 보듬고 뒹굴었던 길
한 사나이가 걸었던 노여움도 미움도 아닌 길
역모의 칼을 들고 다시 율도국을 찾아 간다
간肝 큰 자식 백번 능지처참을 당해도 옳다
보라, 말없이 피바람 부는 저 동행 일출을.

곰취

지리산 속 봄은
누가 저더러 봄이 아니랄까봐
어린 곰취 싹이 먼저 알고 나와
불꽃같은 혀를 놀리더란다
노고단 너머 달궁 에미 집
그녀만 아는 2월의 곰취밭
한 솥 벌써 곰취죽이 끓더란다

지리산 속 곰은 곰도
누가 저더러 곰 아니랄까봐
반달곰 아니랄까봐
굴 속을 기어 나와 저 먼저 곰취 싹을 핥더란다
내가 아는 한 사람 벌써 곰취죽을 찾아
시암재 넘어 눈 쌓인 노고단을 넘더란다
섬진강 허연 눈발 쓰고 곰 발자국 찍으며
정령치 넘어 쟁기소를 건너 가더란다

쌉쓰레하고 상큼한 그 맛
누가 저더러 곰취 나물 아니랄까봐
최후 빨치산이 먹던 곰취죽 아니랄까봐
망실 유격대장 반합 속에 끓던 곰취 국물 아니랄까봐
반합 뚜껑 두들기는 숟가락 장단 소리에
저 먼저 잠이 들더란다
양지쪽 무덤 곁
서러운 잠이 들더란다.

우리들의 사랑노래

남풍 불어 미루나무밭 물 푸는 소리 나거든
직녀여, 그대 산 아래 오두막 짓고
그 미루나무 가지들 몸을 굽혀 북쪽 산마루에까지
허옇게 허옇게 속잎새 날려오는 날
나는 그곳에 초막을 짓세
하늘 두고 맹세한 우리들의 부질없는 사랑……
철 따라 부는 남풍과 북풍
남풍에 미루나무 속잎새들 몸을 굽혀 오거든
그대 오는 걸음새 내 마중 나가고
북풍에 미루나무 겉잎새들 팔팔거리며
남쪽으로 몸을 굽혀 가거든
직녀여, 그대 내 발걸음 마중 나오게
하늘 두고 맹세한 우리들의 사랑……

*삼국유사 관기설화 참조.

꼬부랑 할미 옛이야기

1.
내 유년幼年의 강江에는 한밤내 별들이 쓸리는 소리
한 토리씩 쌓여 가는 호롱불 그리매로는
북풍北風도 비키어 가는 소리
조랑말 울음소리도 지나고
꼬부랑 할멈이 지팡이 하나를
짚고 오신다
산山길로 동무삼아 나오신다.

어슬렁거려 꼬부랑 개 한 마리 뒤따르고
꼬부랑 고개에선 으레 꼬부랑 할머니
꼬부랑 똥을 누신다
꼬부랑 개가 히마리 없는 꼬부랑 똥을 먹다가
꼬부랑 지팡이로 얻어맞고
꼬부랑 고개를 넘어가는 꼬부랑 개 울음소리
겨울밤도 꼬부랑하게 깊는다.

꼬부랑 개 울음소리 멀어지면
어사출도요
여러 잡놈이 죽창竹窓에다 내어 쏟는 소리
마패馬牌 같은 별이 문틈으로 흘러가고
무식한 할미도 완곡한 대목에 이르러서야
눈물 나던 것……
시름시름 앓는 불빛 속에서
윙윙 물레는 돌고
흰 가래떡 같은 고치가 가락토리에 넘어지면
두 뺨에 어룽진 눈물 자국이야.

늦초사니 없는 빈〔卞〕학도는 되지 말아야지
소갈머리 그래 쓰간디
마름집 마당에 아버지 작석作石가마니를
쿵쿵 져다 부리듯
다구지게 뜸을 들이던

아 꼬부랑 할미 옛이야기
은하銀河ㅅ 물에서도 구슬 부스러지는 소리

2.

야삼경夜三更 첫 홰를 친 닭 울음이
물레줄에 감겨 깃을 치고
밤손님이 오신다
밤손님이 오신다
뜰에서도 한밤내 할머니의 토리실을 훔쳐다
잉앗실로 풀어 내리는 신神들의 은銀빛 이야기
눈 먼 할미는 몇 번이나 죽어 살아났는가
산골 마당에선 석유등잔 끄림을 뒤집어 쓴
여우 잡년이 새로 일어서고
새 눈이 되어 왔는가
새 각시가 되어 왔는가

열 두 발 꼬리를 재는 그 대목쯤에서야
히히랗다 울 오라비 하하랗다 울 오라비
북새통의 울음도 바다를 이루고
강江이 되어 흐르는 은하銀河ㅅ 물도 파랗게
질리던 것…….

내 유년幼年의 강江은 흘러갔는가
흰 눈밭에 별똥을 줍는
밤새도록 쌓인 별들의 이야기.

적분赤墳

이 땅에 내려진 노예의 사슬을
끊기 위하여
단 한번의 물줄기를 저 대륙으로
돌려놓기 위하여
우리는 죽어 강을 건너자 맹서했더니
너는 도로 강을 건너오는구나
가을 햇볕 이리 좋고 바람 서늘하니
칼도 잘 들고 피도
잘 마를 거다
오늘은 성문城門을 열고 나와
네 칼을 받으마
백 번 속아 마땅하다
이 나라 사백 년 사직을 그르친 죄
내 무덤엔 풀 한 포기도
기르지 않으리라.

*적분赤墳 : 붉은 무덤(최영장군), 위화도 회군으로 이성계에게 처형당함.

156

줄포茁浦마을 사람들

옛날, 할아버지 살던 줄포茁浦마을은 그렇지, 한틀 지게를 엎어 놓으면 꼭 맞는 말일지도 몰라. 두 개의 산맥山脈이 지게 목발처럼 내려앉아서 지게 고작처럼 휘어들더니, 바다의 중동을 자르고, 애타게 만나질 듯 만나질 듯 마주친 두 개의 지네 대궁지처럼 물 속에 자물리고 있더란다. 보름 사릿물이 오를 때쯤은 지네발로 두 대궁지가 달싹달싹 일어서는 것이 눈에 역력하더란다.

또 바다는 연蓮꽃 시벙글어, 지듯, 풍월도사風月道師의 손끝에서 떨어진 부채마냥 폈다 오물리면서 마치, 할아버지의 째진 말총갓 구멍으로 드나드는 겨울 호리바람처럼

피꺽피꺽 여러 마리 산새를 울리기도 하더란다.

언제부터 사람이 들어와 살았는지는 모르지만 하여튼 산농민의 상놈의 도둑놈의 떠돌이의 반생으로, 동학군이 날개가 잘리면서 어느 안핵사에게 호되게 걸려, 혀를 뽑힌 채, 한 패거리들로 숨어와 터를 잡았더라는데 할아버지가 보기는 잘 본 모양

이었다.

　그래서 근동에서는 씨종에다 씨문서文書를 가진 벙어리 쌍것들로 구메 혼인에도 가마에 흰 띠를 못 얹혔다지만, 그래도 귀 떨어진 엽전葉錢 하나는 꼭꼭 때워 쓰는 착한 사람들이더라는 것이다.

　한번은 읍내 장터거리 그 쇠전머리 윷판막의 말뚝을 뛰어 올라 반벙어리 장쇠아범이 혀를 집게로 뽑혀도 쌍놈의 말은 쌍놈의 씨로 남는 법이여. 그라믄 쓰간다. 그래도 우리 동학장이들이 바구미같이 바글바글 끓던 그때 그 장날이 멋이었당께. 이러고서는 한참 외장을 놓더라는 것이다.

　아 동헌 마루를 우지끈 부수고 알상투를 끌어내어 수염을 꼬시르고 깨를 벗긴 채 볼기를 쳐 삼문三門 밖으로 내쫓았더니 그래도 양반 때는 알았던지 옴팡진 씨암탉처럼 두 손으로 쇠불알을 끄슥드랑께. 활텃거리에서 작것 죽창竹槍 끝에 안 걸렸드랑가. 뚝 소리 내고 떨어졌당께. 옴마. 그란디 한 여편네가 엎어

지드만, 옴마. 이 작것. 이 작것. 우리 딸니미 잡아먹은 갓끈 달린 이 작것 하드니만 치마폭에다 싸들고 줄행랑을 쳤드랑께. 혀는 뽑혀도 말은 바로 허지만 말이여. 내가 그 달딴 녀석 아닌가 말이여. 알긋써. 이러더니란다.

그런데 참 묘한 것은 늘 조금 때쯤 바다는 복날 개 헛바닥 빠지듯이 그 길게 뽑힌 혀를 두 지네 대궁지 사이로 밀어 넣고는 혀 뽑힌 줄포茁浦마을 사람들처럼 궁궁을을 궁궁을을 궁궁을을 맨날 이러더라는 것이다.

*줄포茁浦 : 가상의 마을

달노래

울어라 울어라 동녘 새야
창포꽃 물어다 동창에 놓고
한이 되어 팔려갈 몸뚱아리

가보세 가보세 갑오년
못 가면
을미 적 을미 적
병신되네

달래는 최바우崔乭石의 지어미
들하 노피곰 도ᄃᆞ샤
어긔야 머리곰 비춰오시라
어긔야 어강됴리
아으 다롱디리
달래는 밤마다 집을 나간
지아비 꿈을 꾸었네

달래는 밤이슬 속에서만 피는
달맞이꽃
동학군 누렁띠를 머리에 두른
바우는 태인에서도 이름난 장사였네

황등 겉보리 씨나락 오쟁이까지
다 훑어도 쌀 한 말 내기 어려운 숭시에도
백중 달밤이면 어김없이 마당에
황소를 몰고 들어섰네

추석날 밤이면 으레
스무 판의 씨름을 겨루어
박달나무 홍두깨처럼 단단하단 마을 장정들도
샅바 던지고 피해 달아날 때면
안산 마을의 터줏대감
그의 상전인 이진사李進士도

두둥실 둥기둥기야

양반 곱사둥이
도래춤을 추었네

갈대가 날리는 강 언덕이었을까?
아니여, 수숫모감 꺾던 수수밭 고랑이었지
열여섯 달래를 덥석 안고
질경꽃처럼 밟아도 살자던
우리 사랑 약속했었네

남도 장터마당을 휩쓸며
나이 서른까지 몰아온
황소 스무 마리를 바치고
이진사로부터 살림을 난 것은
그해 동짓달

새알 같은 눈발이 비치던
어느 날이었네

마을 장정들은 이진사의 행랑채에
두 밤 세 밤 몰려들어
밤새도록 가지 않고
그 힘을 내라 다그쳤네
화승총 맞아도 죽지 않는다는
그 어른
녹두 큰 장군 따라 나서지 않고
무얼 하느냐고 꼬드겼네

악질 부사 이용태를 목 베려다가
낭패했다고도 하고
녹두장군 큰 어른 따라 전주감영 옥문을 부쉈다고도 하고
감사또 사는 큰 성城을 뺏은 후에

관군이 동학군과 타협해
집강소를 설치하는 조건으로
폭도들을 요구해서
할 수 없이 내어주었다고도 하고
큰 장군들도
눈물을 흘렸다고도 하고

아니, 석양 무렵
우리 동네 올라오는 고갯마루였나봐
바우가 탄 말발굽엔 뽀얀 먼지가 일고
질끈 동여맨 누렁수건에는
흰 산대꽃을 꽂고
하늘 찌르게 긴 죽창 들고
바우는 갈기 성성한 흑말 위에 앉아
호령하는.
달래는 밤마다

164

이상한 꿈을 꾸었네

왜 그렇게 꾸물거리고 더뎠는지
말 울음소리 하늘에 닿았는데
문을 열고 보니 먹장구름 터진 하늘
바우가 탄 흑말이 찍고 간
말발굽같이
북두칠성이 또렷하였네

숭년 살년殺年마다 뜨던 횃불이
안산 말턱고개에서 며칠째 흐르고

잠녀르 저 혼불 여우불이
숭년 그 살년마다 시커먼
안산 말턱고개에 찍히던 것이……

석달 가뭄에 땅바닥 갈라터지고
역병이 들던 해도
당각에 내다버린 시체들
저 귀신불로 훤하더니……
큰불 날 거라고 변고 터질 조짐이라고
야단들이더니
그날 곤한 새벽
행랑채 뒷울담 밖에 떠서
바우는 홀려가 끝내 돌아올 줄 모르는데
웬일일까 이 밤에도
저 악상 난다는 혼불이……

아니여, 거짓말
참말, 그럴 리 없어
풀 먹인 핫바지옷 입고
안산 말턱고개 넘던 새벽녘

내 아랫배 슬슬 쓸어주면서
'돌배'라고 애기 이름 지어놓고
다섯 달 후, 달덩이 같은
우리 애기 큰 애기 생기면
쉬이 오마고 했는데
오늘밤도
저녁르 흉액 같은 혼불이 또 흐르다니……

흉액 같은 불이 흘러
달래는 홀린 듯 홀린 듯 비틀거리며
넋을 잃고 문 밖을 나섰네
바우 탄 상여는 어느새
한내천을 건너서
당산마루로 올라가고
한내천 물을 첨벙거리며 맨발로
향두가 송장 치는 노래 속에

강 위로 둥실둥실 떠오르는
달을 보았네

"……대회군민하라 대회군민하라
참신케 하라 참신케 하라.
어리석은 무리 나랏님에 거역하며
천지를 분별 못하고 회동하니
단근질을 시작하라
이놈, 저지른 네 죄, 하늘에 뻗친 줄
네가 알렷다
등 껍질을 벗겨내고 혀를 잘라라
폭도의 목이다
군문 높이 매달아라
흉폭도의 목이다."

목이 떠서 하늘 높이 내어걸린

바우 얼굴
강물 위에 두둥실
달이 떴네

들하 노피곰 도드샤
어긔야 머리곰 비취오시라
어긔야 어강됴리
저 달을 치마폭에 싸서
아으 다롱디리
애장을 쓸까 독장을 쓸까
석삼 년 포분을 만들까
진 장 마른 장 갤 날 없는
살풀이 열두 고를 풀까
달래는 강가를 떠돌며
한밤 내 춤을 추었네

다음날
말턱고개 이진사 마을엔
역병 같은 전설 하나
이상한 소문이 떠돌고
마을 다녀간 보부상 얘기로는
태인 저잣거리에 조리돌림 같은
웬 미친 여자 하나 배가 불러
떠돌더라네
그것이 암만 봐도
안산마을 달래 같더라고……

지금쯤 한양 쪽으로
터덜터덜 가고 있을까?
마을 아낙들이 흘린 얘기로는
동학 폭도들을 시구문 밖으로 달아 올린다는 소문

북쪽으로는 때국 사람들 납날개 양총 들고
까막 떼처럼 몰려오고
경기땅 제물포로 신식총 앞세운
일본 군대 용산벌을 뒤덮더라는 얘기

그것들 동학군 잡는다고
닥치는 대로 양총 놓고 불 지르고
노인네 어린애 마구 잡아다 죽이고
여염집 사람 굶주리고 시달려서
눈 퍼렇게 불 켜들고 미쳐 날뛰더라네
실성하여 가마솥에 불 지펴
애기 삶아먹고 간을 빼먹고
감잎에 흙을 싸먹고 죽더라는 얘기

─홍 농사꾼 주제에
  동학군 누렁띠를 머리에 둘렀다지

—천지 분별없이 사람을 죽이고 다녔다지
—흉폭도, 역적
—소금독에 절여 장대 끝에 매달아라

태인 읍내 비각거리
커다랗게 나붙은 방榜
동학군 머리 하나에 일백 냥
녹두장군 군사 중에 붙잡힌 사람들
이미, 한양성으로 달아 올리고 있더라고
그래서 일본 군대가
재판을 시작하더라고
그 밤을 따라 터덜터덜
달래도 한양성을 걸어갔네
맨발 벗은 채

그것은 오히려 잘된 일

그 사흘 후, 안산 마을도
불더미 속에 가라앉고
붉은 철릭자락 높이 펄럭이며
감형관 이용태의 무릎 아래
무쇠홍로 이글대는 숯불
불 인두 번갈아가며 아낙들 혀를 뽑아
하늘에 사무쳐도 말이 안 되는
궁을궁을 궁궁을을 소리……
지금도 그 어디 바닷가에서
죽은 넋은 파도가 되어
변산반도를 휘어 돌며
슬픈 귀곡성 소리 잘도 낸다지

죄인들은 일본 군대 훈련터 가까운,
오작벌인가 하는 데서 칼로 베이고
혹은 양총 놓아 죽이는디

아 오작벌이 본시 왜 오작벌이란가?
저녁 연기 피면 날아온 까막들
온 벌을 먹물 뒤집듯 해 생긴 이름인디
양총 놓는 소리, 하늘을 가로질러
이젠 까막도 피해 가는
무서운 벌판 되었다네

그 후, 달포가 흐른 어느 날,
오작벌 가까운 선술집들
지금으로 말하면 관광기생 섹스특공대
오오시마〔大鳥〕의 혼성여단이 달고 온 촌락!
일제 36년, 이 땅의 23만 여성을 묶어 갔던
정신대의 효시
이름하여 도랏꽃 같다는 조센삐들
그 어느 술집 문설주에
기대어 섰는 여인 하나

흰 소복을 한 그녀는
바로 달래였네
달맞이꽃처럼 밤이슬에만 피는……

인경이 열두 번 울어
이젠 성문도 닫을 시간인가 보지
허공을 우러르며
어젯밤 꿈에도 그젯밤 꿈에도
떡 벌어진 어깨
왕방울 눈
애를 만들면 항우장사 같은 애를
만들 거라는 바우
그 바우 얼굴이 꿈에 보였네
그끄제 저녁 그저께 새벽에도
엊저녁 새벽에도
문 앞으로 지나가는 풍각치는 소리

양총 놓고 대포 트는
고랏 고랏의 소리
군문 네거리 지금 듣는 소리는
죄인들 달아 가는 소리 아니라
청나라 물장수들이
물달아 가는 물타령 소리

그러나 어젯밤 새벽녘에 다녀간
술 취한 망나니 하나가
잘도 일러주었네
옷자락이 온통 피냄새뿐인……

―내 한평생 오작별 칼잽이로 살았어도
그렇게 목이 나가지 않는 놈은 처음 봤응께
칠척 장신에 맷돌 같은 목이 활처럼 울고
칼이 고무공처럼 튕겼으니께

혹시 바우 아니려나?
달래는 버선발로
오작벌을 뛰었네

먼동이 터오는 오작벌
낮고 음산하게 내려앉은 하늘
하얀 무리들이 하늘에서도
자꾸만 쏟아져오는데
아직도 검게 타오르는 몇 줄의 연기 속에
몇 십 구인지 시체가 거적에 덮여
여기저기 널려 있었네
머리 풀고 소복한 여인 하나
한 구의 시체 앞에서 오래오래
어깨를 들먹이는……
치마폭에다 싸 안은
수급首級

한
개.

"……인자 난리도 잔대여.
그러면 산을 새로 일구고
뼈가 부서져라 일을 할 거여
탄탄하게 새 집을 짓고
달래랑 오래오래 살 거여
그 어른 말씀
백 번 옳다는 생각으로 그 생각으로.
우리 쌍것이야 언제 나랏님 덕 봤드누?

……임자는 아무도 못 뺏을 거여. 오래오래
함께 살 거여
우리 달덩이 같은 애기 키우고
산자락 모아 새로 울바자 틀고 외넝쿨 올리고

대를 이어 초가삼간 짓고.

풋보리 보리숭년 지겨워도
탯줄 같은 인정
삼한三韓이 살던 땅
양지쪽 산마루 토방을 짓고
봉숭아 꽃씨 뿌려
착한 딸년 손톱에 물들이고
시집보내고 장가들고
토장국 쑥국 냄새 술이 끓는 오지항아리
상고 적 마알간 하늘 보며
우리 그 땅에 가서 오래오래 살 거여."

들하 노피곰 도드샤
어긔야 머리곰 비춰오시라
어긔야 어강됴리

아으 다롱디리

새야 새야 파랑새야
웃녘 새야 아랫녘 새야
만수무연 풍년 새야
가마솥에 누른밥
아닥딱딱 긁어서
너 먹자고 농사지었니?
우리 먹자고 농사지었지.

토속적 세계관과 생명 존중의 시

― 송수권론

오세영

(시인·서울대 교수)

1.

1975년 제 1회 《문학사상文學思想》지의 신인상 수상으로 등단하여 지금까지 『산문에 기대어』(1980), 『꿈꾸는 섬』(1982), 『아도啞陶』(1984), 『새야 새야 파랑새야』(서사시집 1986), 『우리들의 땅』(1988), 『자다가도 그대 생각하면 웃는다』(1991), 『별밤지기』(1992), 『바람에 지는 아픈 꽃잎처럼』(1994), 『수저통에 비치는 저녁 노을』(1998), 『파천무』(2001) 등 열 권의 시집을 간행한 송수권은 그의 30 여년의 시작 생애를 통해 시종 일관 두 가지 성격을 보여주었다.

첫째 그 추구하는 대상이 일반적으로 자연이라는 점이다. 물론 그의 작품 가운데는 지리적 공간으로서 특정 장소나 생활하는 인간에 관한 것도 적지는 않다. 특정 장소에 관한 작품들은 하도 많아서 심지어는 '기행시'라는 장르의 분류가 가능할 지경이다. 그러니 이들 역시 궁극적으로는 그 소재나 배경이나 발상 등에서 어떤 식이든 자연과 관련을 맺고 있다. 그렇다고 해서 그의 자연은 정지용鄭芝溶이나 청록파靑鹿派들이 추구했던 것과 같은 순수 자연은 물론 아니다. 오히려 인간화된 자연 혹은 삶의 터전으로서의 자연이라고 말하는 것이 더 적절할지도 모른다. 그의 시의 이와 같은 특징은 그가 도시 문명이나 물질 혹은 사물과 같은 것엔 관심을 별로 두지 않았다는 뜻이 될 수도 있을 것이다.

둘째 민속적 혹은 민중적 관점에서 대상 — 그러니까 앞에서 제시한 자연, 장소, 인간을 바라보고 있다는 점이다. 여기서 '민중'이란 물론 어떤 계급적, 이념적인 성격을 지향하는 사람들 즉 '프롤레타리아트(proletariat)'나 '인민(people)'이라기보다는 향토민(鄕土民: men of peasantry community) 혹은 문명으로부터 소외되어 자연 속에서 자연과 함께 사는 토속인 즉 'Volk'를 지칭한 말이다. 그의 시에 한편으로 회고적 정서, 전통 지향 의식, 애니미즘이나 샤머니즘적 사유가 팽배하고 다른 한편으로 민중 저항의식이 표출되고 있는 이유가 여기에 있다. 이 모두는 민속적 삶의 근간을 이루는 정신인 것이다.

물론 송수권이라 해서 그의 시 세계가 항상 고정 불변했던 것은 아니다. 그의 시 역시 문단 등단에서 두 번째 시집『꿈꾸는 섬』까지의 제1기(1975~1982), 세 번째 시집『아도啞陶』에서 여섯 번째 시집『자다가도 그대 생각하면 웃는다』까지의 제 2기(1982~1991), 일곱 번째 시집『별밤지기』이후의 제3기(1991~)에 걸쳐 나름의 변화를 보여주는데 이는 대체로 그의 자연의식과 민족적 세계관의 굴절에서 기인한 것이라 할 수 있다.

2.

앞서 지적했듯 송수권은 데뷔 이후 오늘에 이르기까지 꾸준하게 자연을 대상으로 하여 시를 써왔다. 그러나 그의 그 같은 관심이 시기적으로 항상 동일했던 것은 아니다. 필자가 보기로 제 1기에 있어서 자연은 주로 애니미즘 세계였고, 제 2기의 자연은 생활공간, 제 3기의 자연은 생태 환경의 세계였다.

> 누이야
> 가을 산 그리매에 빠진 눈썹 두어 낱을
> 지금도 살아서 보는가
> 정정淨淨한 눈물 돌로 눌러 죽이고
> 그 눈물 끝을 따라가면
> 즈문밤의 강이 일어서던 것을
> 그 강물 깊이깊이 가라앉은 고뇌의 말씀들
> 돌로 살아서 반짝여 오던 것을
> 더러는 물 속에서 뛰는 물고기같이
> 살아오던 것을
> 그리고 산다화山茶花 한 가지 꺾어 스스럼 없이
> 건네이던 것을
>
> ─「산문山門에 기대어」서두

아침에 나가보면 호젓한 산길을
혼자서 가고 있었다.
오빠수떼들의 진한 울음처럼
발 아래 꽃잎들이 짓밟혀 있고
한밤내 저민 향내 오답싹에 조금
묻혀가지고
차마 갈까 차마 갈까 애타는 걸음
조금씩 뒤돌아보듯 가고 있었다.

산길을 벗어나면 아득한 벌판
언뜻언뜻 물미는 구름 속에
꽃사당년같이 얼굴 한 번 가려 흐느끼고

벌판을 나서면 가로지른 강물이
소리 내어 따라오고, 거기서 너는
비로소 독부毒婦같은 마음을 지었다.
검은 눈썹 밀어놓고 도끼 하나를
물 속에 벼리었다.

아침에 나가보면 암중같이
독한 암중같이 이제는 강을 건너
소맷자락까지 펼치며
훨훨 나는 듯이 가고 있었다.

—「달」 전문

184

제 1기에 쓰여진 자연시의 예들이다. 무엇보다 애니미즘의 반영이 눈에 띈다. 원래 애니미즘이란 '이 세상의 모든 것들은 살아 숨쉬는 실체로서 어떤 정령精靈에 의해 생명력이 불어넣어졌다'*고 보는 세계관인데 위의 시들 역시 그와 같은 성격을 드러내고 있기 때문이다. 데뷔작이자 대표작이라 할 인용시「산문에 기대어」의 경우, 한낱 물질에 지나지 않은 강물이 마치 하나의 생명체인 것과 같이 묘사되어 있다.

우선 이 시의 제 2행에 제시된 '눈썹'이 그러하다. 계곡 물에 쏠려가는 갈잎을 생명체만이 지닐 수 있는 '눈썹'에 비유하고 있기 때문이다. 제 4행의 '정정한 눈물 돌로 눌러 죽이고'에서도 시인은 계곡의 흘러가는 물을 '눈물'로, 계곡의 돌틈바귀에서 자지러지는 물소리를 '억제하는 울음소리'로 환치하여 계곡 돌 틈의 적막하게 흐르는 물소리를 마치 '돌로 눌러 죽인 눈물의 울음소리'인 것처럼 형상화시키고 있다. 계곡의 적막한 물소리가 이렇듯 누이의 무엇인가 숨기고 억제된 울음소리로 해석될 수 있는 힌트는 계곡 물은 일반적으로 그것을 가로 막고 서 있는 돌들의 저항(돌들과의 부딪힘)에 의하여 소리를 낸다는 점에 있다. 이와 같은 전제 아래서 이 시는 전체적으로 산은 하나의 인간이며—이 계곡 물이 합쳐 이루어낸—강물은 그가 울고 있는 울음이 된다.

제 2시집에 실린「달」역시 마찬가지이다. 이 시에서 달은 단순한 천체의 한 위성이 아니라 혼령이 깃든 생명체이다.

---

*The Encyclopedia of Philosoph, Ed. Paul Edward et al(N.Y.: The Macmillan Company & The Free Press, 1978)

시인은—아직 지지 않은 채—서녘 하늘에 기웃이 걸려 있는 아침 달에게서 하룻밤을 같이 보낸 정인情人과 이제 막 이별한 뒤 먼 길을 재촉하는 나그네의 모습을 본다. 즉 달은 '호젓한 산길을 혼자 걷거나' '독한 암중같이/ 이제는 강을 건너/ 소매자락까지 펼치며/ 훨훨 나는 듯이 가는' 존재이다. 뿐만 아니다. 이 시의 달은 인간처럼 누군가를 사랑하기도 하고("발아래 꽃잎들이 짓밟혀 있고/ 한밤 내 저민 향내 오답싹에 조금 묻혀 가지고") 이별에 애태우기도("차마 갈까 차마 갈까 애타는 걸음/ 조금씩 뒤돌아보듯 가고 있었다."), 슬퍼하기도 하며("꽃사당년같이 얼굴 한 번 가려 흐느끼고"), 누군가를 미워하기도 한다.("벌판을 나서면 가로지른 강물이/ 소리 내어 따라오고 거기서 너는/ 비로소 독부毒婦 같은 마음을 지었다") 단순한 광물질에 불과한 달을 이처럼 사랑하고 미워하고 슬퍼하는 존재로 보는 시인의 상상력은 말할 것 없이 애니미즘에서 비롯한 것이다.

그리하여 송수권의 시 제 1기에 보여준 자연은 이렇듯 애니미즘이 충만하다. 그것은 그 자체로 살아 있으면서 서로 생각과 감정이 영통靈通 하고 상호 삶을 공유하는 세계이다. 그런데 이와 같은 원시적 사유는 인위에 오염되지 않은 어린이들의 천진무구한 상상 속에서만이 가능하다는 점에서 동화의 세계를 지향하는 것 또한 자연스럽다. 그것은 모든 동화적 세계가 애니미즘에 기초하고, 또 모든 동시童詩의 보편적 수사법이 의인법 혹은 활유법에 의존한다는 사실에서도 알 수 있다. 「방울꽃」, 「술래야 나는 요즘 자꾸 몸이 아프단다」, 「꿈꾸는 섬」, 「목련 한화」, 「풍경」, 「꿀벌」, 「봄」, 「달팽이 집들」, 「감꽃」 등이 이 경향에 속하나 임의로 그 중에서 한편 만을 인용해 보기로 한다.

> 달팽이 집 몇 개가 그림 속에 흩어진
> 초루집들 속에선 누가 숨어 사는지
> 착한 아기와 며느리라도 숨어 사는지
> 딸각딸각 베를 짜는 아침 방직紡織의 즐거운
> 베틀 소리가 들린다.
> 가벼운 깃털들이 비단 수실 꽃주머니를 차고
> 날아다닌다.
> 또 그 초집들 속에선 누가 선약仙藥을 달이는지
> 벌레들의 똥이 화풍단花風丹 알약처럼 흩어져 있다.
> 간밤엔 무슨 잔치라도 있었느냐
> 조롱구슬 같은 별들이 떴다 자물린 흔적
> 한 밤내 울고 간 귀뚜라미의 흰 날개뼈와
> 부서져 쌓인 음부音符들
> 풀밭에 오면 전쟁도 미움도 시기도 없다.
> 이제 막 잠을 깨고 나온 달팽이 한 마리
> 달디 단 이슬 한 모금에 환각의 뿔을 흔든다.

— 「아침 풀밭」

인용시는 어느 이른 아침, 풀밭을 기어 다니는 달팽이들에 대하여 쓴 작품이다. 우선 그 형태면에 있어서 풀밭의 동그

187

란 달팽이집을 푸른 들의 초가집으로 대체시킨 비유가 신선
하다. 이렇게 일단 달팽이집을 농촌의 초가집으로 설정해두
자 이제 시인의 상상력은 이차로 그 초가집 안에서 무슨 일
이 일어나고 있는지를 탐색하는 것에 관심을 갖게 된다. 그
결과 시인은 그 집의 착한 며느리는 베틀에 앉아 베를 짜고
있으며, 마당에는 누군가를 위해 달이는 선약이 끓고 있고,
방안에선 이제 막 잠을 깬 주인이 기침을 하고 있다고 말한
다. 이처럼 눈에 선하도록 그려 보여준 한 가정의 평화롭고
행복한 일상은 분명 동화적 환상세계이다. 그것은 한낱 미물
에 지나지 않을 달팽이에게서 시인의 애니미즘적 상상력이
빚어낸 자연의 내밀한 모습들이라 할 것이다.

그러나 제 2기에 들면서 그의 자연시들은 이제 다른 면모
를 드러낸다. 전적으로 제 1기의 특징에서 자유스러워졌다
고 말할 수는 없으나 대체로 생활공간으로서의 자연을 바라
보기 시작하기 때문이다. 확실히 송수권은 제 2기에 와 애니
미즘적 자연보다는 생활공간으로서의 자연에 보다 집착하고
있는 듯하다.

> 여름날 아침 달디단 이슬 한 모금에
> 우엉잎 속에 숨어 춤추는 달팽이
> ......
> 가을 바람 찬 바람
> 야윈 뿔에 감겨서
> 우엉잎 밭에 서리 낄때……

188

피여 피여 굳은 피여
내 혼령의 자지러진 피
이 가을엔 낙엽져서
너는 어느 도시의 변두리
목을 꺾고
뉘네 집 전세방을 얻어가누

— 「가을 바람 찬 바람」

　같은 달팽이에 관한 작품들이면서도 위의 시는 그 앞의 인
용시 「아침 풀밭」에 비해 관심을 두는 바가 전혀 다르다. 후
자는 현실과 동떨어진 어떤 관념 세계의 이상을 그리고 있지
만 전자는 바로 생활 그 자체를 이야기하고, 후자는 애니미
즘적 신화세계를 동경하지만 전자는 리얼리즘적 현실세계를
고발하고 있기 때문이다. 이제 위의 시에서 달팽이는 더 이
상 탈속한 자연주의자가 아니다. 오히려 그는 자신의 생존을
도모하기 위하여 현실과 맞서 싸우는 생활인이 된다. 그것은
이 시의 마지막 부분의 다음과 같은 진술 즉 "이 가을엔 낙엽
져서/ 너는 어느 도시의 변두리/ 목을 꺾고/ 뉘네 집 전세방
을 얻어가누"에 잘 드러나있다. 그러므로 여기서 그리고 있
는 바, 추운 겨울에 도시의 변두리에서 전세방을 얻어 근근
이 삶을 영위해 가는 달팽이의 모습은 이제 더 이상 동화적
환상세계의 주인공이 아닌 것이다.

이렇게 자작나무숲과 삼나무 숲들이 펼쳐져 있다.
우리는 그 울창한 숲의 경계선을 걸어나가면서 이야기한다.
선거가 끝난 후의 지역감정에 대하여 나는 정관수술을 할지도
모른다는 생각을 한다.
이따금 삼나무 숲 우듬지에서 힘겨운 눈뭉치가 떨어지는 소리를 들
으면서
나는 자궁 봉쇄를 해야 할지도 모른다는 생각을 한다.
설해목이 넘어지는 것을 보면서 빨간 목댕기를 두른 산 꿩이 숲 위를
치 솟는 것이 보였다.
그 원시림의 광음에 짓눌려 헐벗은 자작나무 숲들이 흔들리고
허리통이 굵은 삼나무들도 푸들거리는 것이 보인다.
저것들이 이 세상 가장 신성불가침의 집이 되고 안락의자가 되
고……
그러고 보니 나는 경계선 바깥의 이쪽 자작나무숲에 대하여는
아직 이야기하지 않은 셈이다.
빼마른 자작나무숲들의 끌텅이와 옹이진 삶에 대하여
결국 낱낱의 하나이면서 전체가 이루어내는 그 비정한 삶에 대하여
이야기한 셈이다.
자작나무 숲과 산나무 숲의 경계선을 걸어 나가면서

                                        ─「겨울 산」 부분

  길이가 긴 관계로 앞부분을 생략했지만 위 시의 첫 두 행
은 이렇게 시작된다. "이 겨울에 우리는 기도할 것이 너무나
많음을 안다/ 추악함과 아름다움의 개념에 대하여 원천봉쇄

에 대하여……" 이와 같은 모두 발언이 암시하듯 이 시에서 그리고 있는 자연 즉 '겨울 산'은 현실을 비판하는 거울의 이미지로 제시되어 있다. 그것은 양면兩面을 지니고 있는데 하나는 '삼나무 숲'으로 비유된 민중의 삶의 태도요, 다른 하나는 '자작나무 숲'으로 비유된 민중의 정신적 덕목이다. 그것은 각각 민중의 자기 헌신적 삶과 도덕적 건강성 또는 정직성으로 설명될 수 있다. 다음과 같은 진술이 있기 때문이다. 즉 "허리통이 굵은 삼나무들도 푸들거리는 것이 보인다. / 저것들이 이 세상 가장 신성불가침의 집이 되고 안락의자가 되고……/ 그리고 보니 나는 경계선 바깥의 이쪽 자작나무숲에 대하여는/ 아직 이야기하지 않은 셈이다/ 이 세상 어디에서도 보이지 않던 그 낯선 정직성에 대하여는……" 여기서 '저것들이 이 세상 가장 신성불가침의 집이 되고 안락의자가 된' 삼나무가 정직하고 선량한 민중의 자기 헌신적 삶의 비유라는 것은 굳이 설명할 필요가 없을 것이다.

이처럼 자연 속에서 생활을 발견한 송수권은 이제 한 단계 더 나아가 그것을 현실과 투쟁하는 민중의식으로 승화시킨다. 이는 물론 그가 일관되게 추구한 민속적 세계관과 결부시켜 이해해야 할 문제이지만 그 중에서도 특히 민속적 세계의 주체라 할 향토민(Volk)이 민중의 기층을 이루고 있다는 사실과 자연스럽게 연관되는 부분이다.

봉당 밑에 깔리는 대숲 바람소리 속에는
대숲 바람소리만 고여 흐르는 게 아니라요

대패랭이 끝에 까부는 오백년 한 숨, 삿갓머리에 후득이는
밤 쏘낙 빗물소리……

머리에 흰 수건 쓰고 죽창을 깎던, 간 큰 아이들, 황토현을 넘어가던
징소리 꽹과리 소리들……

남도의 마을마다 질펀히 깔리는 대숲 바람소리 속에는
흰 연기 자욱한 모닥불 끄으름내, 몽당빗자루도 개터럭도 보리숭년
도 땡볕도
얼개빗도 쇠그릇도 문둥이도 장타령도
타는 내음……

                               ─「대숲 바람소리」 부분

　시인은 자연 속에서 단지 현실이나 생활만을 발견한 것이
아니라 이제 민중의 함성소리를 듣는다. 인용된 부분 모두가
마찬가지이겠으나 특히 제 2연의 경우가 그러하다. "머리에
흰 수건 쓰고 죽창을 깎던, 간 큰 아이들, 황토현을 넘어가던
/ 징소리 꽹과리 소리들……"이라는 시행이 바로 동학항쟁
을 묘사한 내용이기 때문이다. 따라서 제 1기의 애니미즘적
자연시의 극단에 동화적 세계가 있었던 것처럼 이제 제 2기
생활공간의 자연시의 극단에는 이처럼 민중의 저항의식이
자리하고 있다.
　제 3기에 들어 송수권의 자연 인식은 다시 한차례 변모를
보여준다. 그것은 1기의 애니미즘적 자연, 2기의 생활공간으

로서의 자연과는 또 다른 생활탐구의 자연이라 할 수 있다. 확실히 송수권이 제 3기에 와서 다루는 자연은 생명탐구의 대상으로서의 자연이다. 그러나 송수권의 이와 같은 변화는 물론 전 시기의 그것과 전혀 무관한 것이 아니다. 애니미즘은 이 세상 모든 것엔 생명이나 정령이 깃들어 있다고 보는 세계관이며 민중의식은 생의 자연스러운 발현을 무엇보다 고귀한 가치로 받아들이고자 하는 정신임으로 이 양자에겐 본래부터 생명 귀의사상이 자리해 있기 때문이다. 다만 다르다면 시에서 1, 2기의 생명 의식이 간접화 추상화되어 있는 반면 3기의 생명탐구는 직접적, 구체적으로 발설되고 있다는 것 정도일 뿐이다. 그리하여 송수권은 이제 그의 시에서 생명에 대한 문제를 보다 감각적, 실천적, 현실적으로 다루게 된다.

①
짙푸른
보리밭 사잇길로 5월은 온다.

하늘 뒤에서
생수生水를 퍼 내듯
들길에 날리는 종달새 울음
강 건너 과수원이
연한 녹색 초원이 되면서
탱자울 가시마다 꽃이 피어
눈 쌓인 겨울 골짜기 같다.

②
온몸에 자잘한 흰 꽃을 달기로는
사오월 우리 들에 핀 욕심 많은
조팝나무 가지의 꽃들마나 한 것이 있을라고
조팝나무 가지 꽃들 속에 귀를 모아 본다.
조팝나무 가지 꽃들 속에는 네다섯 살짜리 아이들
떠드는 소리가 들린다.
자치기를 하는지 사방치기를 하는지
온통 즐거움의 소리들이다.
그것도 볼따구니에 정신 없이 밥풀을 쥐어 발라서
머리에 송송 도장 버짐이 찍힌 놈들이다.
코를 훌쩍이는 녀석들도 있다.
금방 지붕 위의 까치에게 헌 이빨을 내어주고 왔는지
앞니 빠진 밥투정이도 보인다.
조팝나무 가지 꽃들 속엔 봄날 이런 아이들 웃음소리가
한 종일 떠날 줄 모른다.

─「조팝나무가지의 꽃들」

③
경쾌한 봄밤이 오고 있다.
지네산 능선 위의 잡힌 달무리
아침에 문 열고 나서니
겨우내 아프게 살이 꿈틀거리던
산벼랑의 고드람발이
한순간에 거대한 낙차落差로 바뀌어 있다.
굳었다 풀어지는 가락

194

아아 이 놀라운 생의 기쁨

— 「낙차落差」

①은 제 3기의 시작이 된 시집 『별밤지기』 수록 첫 번째 작품으로—그런 까닭에 그 시사하는 바 크다.—그 주제는 생명예찬이다. 시인은 5월의 신록 속에서 생명의 무한한 약동을 느끼고 있다. '짙푸른 보리밭', '5월', '생수', '종달새 울음', '녹색 초원이 된 과수원', '울타리의 꽃' 등 이 시에서 제시된 이미지들이 이를 말해 준다. 보리밭은 겨울의 혹독한 추위를 견디며 새싹을 피워 올린다는 점에서 일반적으로 강인한 생명력의 상징으로 인식되어 왔고 그 외에도 '계절의 여왕으로서의 5월', '종달새의 비상', '물오른 과목나무의 신록', '활짝 핀 꽃 망울', 등 역시 보편적 상상력에 있어서 모두 생명의 발현을 암시하고 있기 때문이다. 따라서 그와 같은 5월의 자연에 감응된 화자의 영혼이 생명의 충동과 교감을 느끼게 되는 것은 자연스럽다.("내 영혼도 새로 풀물이 들기 시작한다")

②에서 시인이 조팝나무 꽃에게서 보았던 것은 아이들의 천진무구한 모습들이다. 그것은 이 시에서 '머리에 송송 도장버짐이 찍힌 몸', '코를 훌쩍이는 놈', '앞니 빠진 밥투정이' 등으로 제시된바와 같이 인위적 구속에서부터 벗어나 생의 본능대로 뛰노는 자연 속의 아이들로 그려진다. 그 중에서도 그가 관심을 갖는 것은 '네 다섯 살짜리 아이들의 떠드는 소

리', '자치기나 사방치기를 하는 아이들의 즐거운 소리'로 표상된 그들의 웃음소리이다. 아이들이 생명의 상징이라는 것* 역시 원형 상상력의 일반적 통설임은 다 아는 바와 같지만 특히 인간에게 있어 '웃음소리'란―웃음은 리비도가 충족되는데서 오는 희열인 까닭에―생명력의 표현이기 때문이다. 대체로 인간은 생명의 쇠락이나 훼손에 대하여는 슬픔 혹은 울음을, 그와 반대로 생명력의 신장이나 충족에 대하여는 기쁨 혹은 웃음으로 반응한다.

③은 춥고 어두운 겨울이 막 가고 이제 봄이 시작되는 날의 어떤 경이감을 시로 쓴 작품인데 그 경이감이―시의 결말에서 직접 토로되고 있듯―'놀라운 생의 기쁨'임은 두말할 필요가 없다. 시인은 어제 저녁까지도 꽁꽁 얼어붙어 있어 영영 물러갈 것 같지 않던 겨울의 추위가 이 아침 불현듯이 내습한 봄에 의해 한 순간 종적 없이 사라지는 것을 추녀 끝에 매달린 고드름의 해빙을 통해 바라보면서 문득 생명력에 대한 경탄의 감을 금치 못한다. 생명이란 그 아무리 미약한 것이라 할지라도 잠재적으로 세계를 변혁시킬, 위대한 힘을 지니고 있다는 사실을 그 순간 깨달았기 때문이다.

이렇듯 제 3기에 들어 송수권이 자연을 통해서 탐구하고 있는 것은 애니미즘도, 생활공간도 아니요, 생명이 주는 감동 그 자체였다. 따라서 이 시기 그가 궁극적으로 다다른 곳이 생명 옹호 혹은 생명외경의 세계였던 것은 당연한 귀결이다. 우리는 이를 형상화시킨 시를 일러 그의 생태환경시

*오세영, 『한국현대시 분석적 읽기』(서울: 고려대학교 출판부, 1998), 188쪽 참조

(ecological poetry)라 부를 수 있을 것이다. 확실히 제 3기에 와서 송수권은 생태시나 생태시에 준하는 작품을 다수 발표한다.

하단下端 갈대 숲에 와서 늘 가슴 울먹였다.
바다 쪽에서 밀리는 잔잔한 노을 속에 내 두 뺨은
복숭아처럼 익어 갔고
철새들의 날갯짓이 가슴 가득 무너져 내렸다.
고등학교 시절 한 여류시인이 되겠다던 소녀와
첫사랑을 속삭였고
여름날 갈 숲을 헤쳐 물새알의 따뜻한 온기에 입맞췄다.
바다새의 파란 울음 소리와 모래밭의 모래 무덤 속에서
아나벨리의 죽음을 꿈꾸었다.
재첩 국물에 주막집 술이 밤새도록 익어갔던 곳
철근을 박은 거대한 왕국이 오래 전에 이곳에 들어섰다.
비오디 361 피피엠 갈밭의 긴 수로가 끊기고
사상 공단에서 흘러나온 지꺼기에 갈매기 떼 몰려와
쓰레 무덤을 뒤졌다.
높이 나는 갈매기가 아니라 저 비정한 삶의 갈매기--
독극물에 치었는지 어제는 재갈매기 떼로 죽었다.
인부 둘이 나와 아직도 희망이 있다는 듯이
모래 무덤을 파고 시체들을 안장했다.

― 「뿔」

하단下端은 부산 근교 낙동강 하구에 위치한, 거대한 산업 공단의 하나이다. 시인에 의하면 아직 공단이 들어서기 이전의 그곳은 원래 하얀 모래밭과 아름다운 갈대 숲과 파아란 바닷물에 둘러싸인 철새들의 도래지, 말하자면 생태 환경의 낙원이었고 꿈과 낭만의 요람이었다. 시인은 이를 시에서 "고등학교 시절 한 여류시인이 되겠다던 소녀와/ 첫사랑을 속삭였고/ 여름날 갈 숲을 헤쳐 물새알의 따뜻한 온기에 입 맞추었으며", "바다새의 파란 울음소리와 모래밭의 모래무덤 속에서/ 아나벨리의 죽음을 꿈꾼"장소로 묘사하고 있다. 그런데 이 같은 평화스런 공간은 이 곳에 산업공단이 생기면서 큰 재앙 속에 빠진다. 더 이상 생명체가 살 수 없는 죽음의 땅이 되어버린 것이다. 즉 "비오디 361피피엠 갈밭의 긴 수로가 끊기고/ 사상공단에서 흘러나온 음식찌꺼기에 갈매기 떼 몰려와/ 쓰레 무덤을 뒤졌다./ 높이 나르는 갈매기가 아니라 저 비정한 삶의 갈매기—독극물에 치었는지 어제는 갈매기 떼로 죽어가는" 세계가 된다. 생태환경의 파괴, 공해 그리고 무분별한 자연남용의 결과 때문이다. 시인의 이와 같은 환경 묘사를 통해 생명을 억압하거나 죽이는 이 모든 불순 세력은 이 세상에서 더 이상 발을 붙일 수 없도록 모두 몰아내야 한다고 주장한다. 그것은 한마디로 생명 외경 혹은 생명존중 사상이라 할 수 있다.

이렇듯 송수권이 그의 문학에서 초지일관 관심을 보인 자연은 시기별로 각각 다르게 표출되어 왔다. 제 1기의 애니미즘, 제 2기의 생활공간, 제 3기의 생명 그 자체 등이다. 이 세

시기의 극단에 각각 동화적 환상세계로서의 자연, 민중의식으로서의 자연, 생태 환경으로서의 자연이 있다는 것은 앞에서 지적한 바와 같다. 그럼에도 불구하고 우리가 간과해서 안 될 것은 그의 시가 일관되게 생명 존중사상을 추구하였다는 점이다.

3.

송수권의 시에서 주목할 것은 그가 등단 이래 지금까지 또한 전통적 세계를 노래해 왔다는 점이다. 이는 자연인식에서 보여준 시기별 변화와 관계없이 시종여일하게 탐색한 그의 문학적 특성이기도 한데* 여기서 필자가 편의상 '전통적 세

---

*참고로 각 시기를 대표하는 시집 한권을 선택하여 거기 수록된 전통탐구의 시들의 목록을 조사해보면 대략 다음과 같다. 이로 미루어 송수권은 그 문단 등단 당시나 현재 시점이나 그의 시 대부분이 전통세계를 지향해왔다는 것을 알 수 있다.

·제 1기 : 『산문에 기대어』
고전 : 「춘향이 생각」, 「허생원」
역사 : 「석주관」, 「겨울 강화행」, 「회문리의 봄」, 「아버지」, 「등잔」, 「적분」, 「노돌나무」
민담 : 「꼬부랑 할미 옛 이야기」
민속 : 「젯날」, 「자수」, 「모시옷 한 벌」, 「떡살」, 「보리 누름」, 「보름제」, 「그리움」
향토 : 「줄포마을 사람들」, 「새보기」, 「빗접」, 「구례구」, 「강」, 「감꽃」, 「환촌」, 「방아 실앞」, 「점경」, 「큰 사랑 옆」
샤머니즘 : 불교 : 「젯날」, 「목련한화」, 「돌각담에 지는 자주 달개비꽃 한송이」

·제 2기 : 『아도』
고전 : 「통박」, 「정읍사」
역사 : 「하얀 목련」, 「식민지의 눈」, 「평사리 행」, 「후가」, 「달노래」

계'라 했던 걸은 보다 자세하게 대략 여섯 가지 영역으로 나 눌 수 있다. 고전, 역사, 민속, 설화, 향토 생활, 그리고 무속 이나 불교적 세계관 등이다. 송수권은 자연과 더불어 대부분 이와 같은 전통계를 토대로 그 지닌 바 의미를 시로 형상화 시켜 왔던 것이다. 그러한 관점에서 송수권은 당대 시단의 몇 안 되는 전통 지향적 시인의 하나이기도 하다.

1.고전의 세계: 송수권은 우리 고전문학작품을 변용하거 나, 고전 문학작품에서 이미지를 빌려오거나, 고전 그 자체 를 소재로 하여 시를 써 왔다. 언뜻 눈에 띄는 작품들을 골라

민담 : 「아도」
향토 : 「마포 갯나루」, 「대숲바람소리」, 「남도풍」, 「풀꽃제사」, 「풍수자연」, 「말노래」, 「자목련이 지는 날은」, 「우리나라 풀이름 외우기」
샤머니즘 불교 : 「아그라 마을에 가서」, 「멀미」, 「망월동 가는 길·4」, 「겨울 청량산」, 「한국통사초」

·제3기 : 『바람에 지는 아픈 꽃잎처럼』
고전 : 「뜨거운 감자」, 「돌 원숭이」
역사 : 「허준」
민담 : 「선운사 동백꽃」, 「부활의 노래」, 「아우라지 나루터에 와서」, 「쥐풍년 대꽃 풍년」
민속 : 「다시 읽는 토정비결」, 「빈집·2」, 「용인을 지나며」, 「그해의 토정비결」, 「유두절」, 「집장」, 「왕치」
향토 : 「가래나무 이야기」, 「바람부는 날」, 「내 사랑 가사어」, 「빈집·1」, 「진달래」, 「아침 강」, 「열목어·1」, 「어초장 시」, 「백로마을」, 「여름강」, 「전어지를 읽으며·1」, 「전어지를 읽으며·2」, 「나의 서가(전통)」, 「영산도」, 「황해」, 「황매기집」
샤머니즘 불교 : 「구룡문 연꽃발」, 「빈집·2」, 「업장 내가 살던 마을」, 「쾌등」, 「길」, 「산경山徑」, 「홍역꽃」, 「산염불」

보면 「춘향이 생각」, 「허생원」, 「향전매梅」, 「5월의 사랑」, 「남원운문」, 「통박」, 「정읍사」, 「뜨거운 감자」, 「돌 원숭이」 등을 들 수 있다. 「허생원」은 이효석의 소설 「메밀꽃」을, 「향전매」는 고전 「배비장전」을, 「오월의 사랑」과 「남원운문」은 각각 「춘향전」을, 「통박」, 「돌원숭이」는 각각 「흥부전」을, 「뜨거운 감자」는 「쌍화점」을 소재로 해서 쓴 작품이다. 이중에서 첫 번째 시집 『산문에 기대어』에 수록된 「춘향이 생각」을 인용해 본다.

> 앞산 머리 자줏빛 구름 옥색 빛이 섞갈려 휘돌더니
> 그 빛 연한 솔잎마다 그늘지는 소리
> 산봉우리들도 수런수런 잔기침을 놓아
> 보기 좋은 달 하나 해산하고
> 몸을 푼다.
>
> 선한 눈, 코, 입, 짙은 숱, 눈썹
> 처음 눈맞춘 죄로
> 옥사장 큰칼을 쓰고 창틀을
> 넘어다 볼 줄이야!
>
> 진개내 앞냇가에 게가 짖어 개가 짖어
> 한밤내 은장도 날을 갈아
> 눈물에 떠운
> 달하

귀기서린 앞산 그리메
밤부엉이 울어쌌는데

구리 동전 녹슨 상평통보
몇 바리쯤 동헌 마루에 져다 부려야
이 몸 하나 평안하겠느냐? 평안하겠느냐?

—「춘향이 생각」 전문

　「춘향전」 가운데서 춘향이 변 사또의 수청을 거부한 죄로
감옥에 갇혀 밤을 지새우는 장면을 시로 변용시킨 예이다.
제 3연에서 앞산 머리에 뜬 '달'을 '눈물에 띄운, 날을 간 은
장도'로 비유시킨 은유가 탁월하다. 산문 같으면 수 십 쪽의
길이로 서술해야 겨우 전달 될 수 있을 춘향의 정절이 이 시
에서는 불과 한 줄의 시행으로 압축되어 있기 때문이다. 그
의 시작試作에서 송수권이 이처럼 고전의 한 에피소드를 묘
사하는 방식을 취하면서도 그것을 시로 승화시킬 수 있었던
것은 그가 그것을 단지 하나의 상황 서술로 끝내지 않고 고
전의 전체 내용을 집약적으로 암시할 수 있는 날카로운 한
개의 이미지를 만들 수 있었기 때문이다. 「향전매」의 '동박
새'와 '장승', 「돌원숭이」의 '돌 원숭이', 「뜨거운 감자」의
'뜨거운 감자' 등의 이미지가 바로 그와 같은 기능을 가졌다
고 할 것이다. 그는 비록 시에서 서술적 요서— 이야기체의
요소를 즐겨 차용하고 있음에도 불구하고 시의 본질이 이미

지나 은유에 있다는 사실을 잘 알 수 있었던 것이다.

　2. 역사의 세계 : 송수권은 또한 우리의 역사에서 많은 시적 소재를 얻는다. 그 대표적인 시로서는 「석주관」, 「겨울 강화江華행」, 「회문리의 봄」, 「아버지」, 「등잔」, 「적분赤墳」, [노돌나루], 「옥비전玉婢傳」, 「토종벌」, 「봉선화」, 「풀여치」, 「귀뚜라미」, 「개꿈」, 「하얀 목련」, 「식민지의 눈」, 「평사리 行」, 「후가後歌」, 「한국통사초韓國痛史抄」, 「달노래」, 「다산초당茶山草堂에서」, 「마치산이여 이 종줄을」, 「허준」등이 있다. 가령 「석주관」에서는 신라와 백제의 교통을, 「겨울 강화행」, 「등잔」은 병자호란을, 「회문리의 봄」은 동학농민혁명을, 「아버지」는 일제 강점기의 삶을, 「적분」은 이성계의 위화도 회군을, 「노돌나루」는 사육신의 절의를 이야기한다. 이중에서 동학혁명을 시로 형상화시킨 「후가後歌」를 인용해 본다.

　　　역사여 역사여 우리들의 갑오년
　　　저 곰나루의 피 맺힌 함성이여
　　　피로 얼룩지지 않은 성벽을
　　　너는 어디서 보았는가
　　　하늘에서 뜻을 얻어
　　　땅에다 인내천人乃天을 쓰고 죽은 사나이
　　　그는 마흔둘의 팔팔한 나이로 갔지만
　　　그는 이 땅의 민중을 잘못 가르치고 간 것일까.

　　　역사여 역사여 우리들의 갑오년
　　　저 곰나루의 피맺힌 아우성이여

동학정신으로 잔뼈를 굵힌 안중근
할얼삔 역두에서 혈서를 쓰고
이등박문을 쏘아죽이고
팔봉산 접주 김창수(김구)가 상하이로 튀어
우리는 하나지 둘은 모른다.
하나로 죽을지언정 둘로는 살지 않는다.
………
역사여 역사여
갑오년 저 곰나루의 피맺힌 함성이여
우리도 이제는 제 발로 서고
당당하게 목소리를 높일 때가 되지 않았는가?

　　　　　　　　　　　　　　　— 「후가後歌」

　　송수권은 그의 시에서 「회문리의 봄」, 「평사리행」, 「달노
래」 등 동학혁명을 노래한 작품들을 많이 썼다. 제 2기에 해
당하는 시기에는 동학혁명을 주제로 한 권의 서사시 「새야
새야 파랑새야」(1986)를 쓴 바도 있다. 그의 문학정신 속에
민속적 세계관과 아울러 민중의식이 깊이 자리하고 있다는
증거이다. 인용시 역시 같은 맥락에 속하는 작품인데 이 시
의 제목 「후가」는 아마도 동학혁명 이후의 이야기 즉 동학혁
명이 후대 한국사韓國史에 끼친 영향을 노래한다는 뜻일 것
이다. 그리하여 인용시는 그 첫머리와 결론부분에서 먼저 동
학 혁명의 지도자 전봉준의 죽음을 애도하고 본문에서는 그
이후 우리 현대사에 끼친 동학의 영향을 기술하는데 바친다.
예컨대 이또오 히로부미를 저격한 안중근 의사, 대한민국 임

시 정부의 지도자 김구 선생, 기미독립 운동 33인의 하나인 손병희 선생과 만해 대선사 등이 모두 동학 교도였거나 한 때 이에 참여했던 것을 지적한 것 등이다. 문학적 형상화라는 측면에서는 크게 돋보일 것이 없지만 시인의 문학정신을 엿보기에는 합당한 작품이다.

3.설화 세계 : 송수권의 시는 대체로 설화 세계를 지향하고 있다. 그것은 그의 시 대부분이 서술(narrative) 즉 이야기나 준 이야기체로 되어 있으며 그렇지 않을 경우는 부분적으로 이 야기적인 요소의 개입에 의해서 쓰여지고 있음을 지적한 말이다. 여기서는 두 가지 유형이 있다. 하나는 재래 민담이나 신화를 원용해서 쓴 경우요 다른 하나는 시인 자신이 창작한 이야기를 쓴 경우이다. 전자로는 「꼬부랑 할미 옛이야기」, 「전설」, 「칠불암에서 띄운 편지」, 「유화부인柳花夫人」, 「우리들의 땅」, 「매향비埋香碑」, 「난·2」, 「부활의 노래」, 「아우라지 나루터에 와서」, 「땡볕」, 「낙초집落草集」, 「개양할미」 등이 있고 후자로는 「여승女僧」, 「연비燃臂」, 「창」, 「저승꽃」, 「장승의 노래·2」, 「쥐풍년 대꽃 풍년」 등이 있다. 먼저 전래 민담을 시로 쓴 예를 하나 인용해본다.

삼한 적 하늘이었는가 고려 적 하늘이었는가
하여튼, 그 자즈러지는 하늘 밑에서
'확 콩꽃이 일어야 풍년이라는디
원체 가물어놔서 올해도 콩꽃일기는
다 글렀능갑다'

두런두런거리며 밭을 매는 두 아낙
늙은 아낙은 시어머니, 시집 온 아낙은 새댁,
그 새를 못 참아 엉금엉금 기어나가는 것은
샛푸른 샛푸른 새댁,
내친 김에 밭둑 너머 그 짓도 한 번

'어무니, 나 거기서 콩잎 몇 장만
따 줄라요?'

(오실할 년, 콩꽃을 안 일어 죽겠는디 콩잎은 무슨 콩잎?)

옛다 받아라 밑씻개 콩잎
멋모르고 닦다 보니 항문에서 불가시가 이는데
호박잎같이 까슬까슬한 게 영 아니라
'이거이 무슨 밑씻개?'
맞받아치는 앙칼진 목소리,
'며느리밑씻개'
어찌나 우습던지요

그 바람에 까무러친 민들레 홀씨
하늘 가득 자욱하니 흩어져 날았어요
깔깔거리며 날았어요
대명천지, 그 웃음소리 또 멋도 모르고
덩달아 콩꽃은 확 일었어요

—「땡볕」전문

206

'며느리밑씻개'라는 이름의 들꽃에 관련된 설화가 한편의
시를 구성하고 있다. 그 내용이 압축되고 진술이 행과 연의
분절을 통해 음악적으로 배열되어 있다는 것이 독특할 뿐 원
설화와 크게 다를 것이 없다. 다만 독창적이라 할 것은 마지
막 연에서 시어머니에게 당한 새댁의 황당함이 우수워 민들
레 홀씨가 하늘로 흩어지고 또 그를 본 콩꽃이 활짝 일었다
는 통찰 정도인데 우리는 이 대목에서 인간과 자연, 사물과
사물 사이에 일어난 애니미즘적 영통靈通이 아름답게 형상화
되어 있음을 본다. 시야말로 과학으로서는 도달할 수 없는
우주적 질서를 구현하는 힘인 것이다. 우리가 이를 일러 상
상력이라 부르는 것은 다 아는 바와 같다. 이와 같은 시인의
상상력은 다음과 같은 창작 민담시에서도 유감없이 표현된다.

　　어느 해 봄날이던가, 밖에서는
　　살구꽃 그림자에 뿌려니 흙바람이 끼고
　　나는 하루 종일 방안에 누워서 고뿔을 앓았다.
　　문을 열면 도진다 하여 손가락에 침을 발라가며
　　장지문에 구멍을 뚫어
　　토방 아래 고깔 쓴 여승女僧이 서서 염불 외는 것을 내다보았다
　　그 고랑이 깊은 음색과 설움에 진 눈동자 창백한 얼굴
　　나는 처음 황홀했던 마음을 무어라 표현할 순 없지만
　　우리 집 처마 끝에 걸린 그 수그린 낮달의 포름한 향내를
　　아직도 잊을 수가 없다
　　나는 너무 애지고 막막하여져는 사립을 벗어나
　　먼 발치로 바리때를 든 여승女僧의 뒤를 따라 돌며

둥구 밖까지 나섰다
여승은 네거리 큰 갈림길에 이르러서야 처음으로 뒤돌아보고
우는 듯 웃는 듯 얼굴상을 지었다
(도련님, 소승小僧에겐 너무 과분한 적선입니다. 이젠
바람이 찹사운데 그만 들어가보셔얍지요.)
나는 무엇을 잘못하여 들킨 사람처럼 마주서서 합장을 하고
오던 길로 되돌아 뛰어오며 열에 흐들히 젖은 얼굴에
마구 흙바람이 일고 있음을 알았다.
그 뒤로 나는 여승女僧이 우리들 손이 닿지 못하는 먼 절간 속에
산다는 것을 알았으며 이따금 꿈속에선
지금도 머릇잎 이슬을 털며 산길을 내려오는
여승女僧을 만나곤 한다.
나는 아직도 이 세상 모든 사물事物 앞에서 내 가슴이 그때처럼
순수하고 깨끗한 사랑으로 넘쳐흐르기를 기도하며
시詩를 쓴다.

―「여승」 전문

　　내용에 대해서는 특별히 설명할 것이 없다. 어느 봄날 방
안에서 고뿔을 앓고 있던 화자는 탁발온 여승의 인기척을 듣
고 홀린 듯 그녀의 뒤를 밟게 된다. 그리하여 동구 밖까지 이
끌려간 그는 갈림길에서 드디어 그녀와 눈을 마주치게 되고
그 순간 그녀에게서 무한한 감동을 받았다는 것이다. 문제는
화자가 받은 그 '감동'의 실체이다. 그것은 무엇일까. 우리는
이 대목에서 '영원히 여성적인 것이 우리를 구원한다'는「파

우스트」의 마지막 구절, 80년대의 단테가 어린 소녀 비아트리체와의 만남을 통해 그의 문학적 영감을 구할 수 있었다는 에피소드를 떠올리게 된다. 왜냐하면 화자는 이로 인해 "나는 아직도 이 세상 모든 사물 앞에서 내 가슴이 그 때처럼/ 순수하고 깨끗한 사랑을 넘쳐흐르기를 기도하며/ 시를 쓴다"고 고백하고 있기 때문이다. 따라서 인용시에서 '여승'으로 표현된 존재는 원형상상력에서 흔히 지적하고 있듯 소위 '영원한 여성(etemal female)' 즉 지상의 모순을 구원해 줄 수 있는 어떤 절대적 모성母性의 여성임을 알 수 있다.* 이 시의 여성이 특별히 신성한 여인 즉 '여승'인 까닭에 더욱 그러하다. 송수권은 이 작품을 빌어 자신의 시작詩作과 창작 영감을 이야기하고 있었던 것이다.

4.민속적 세계: 송수권은 또한 민속적인 세계에서 많은 시적 영감을 얻고 있다. 「젯날」, 「자수」, 「모시옷 한 벌」, 「떡살」, 「보리 누름」, 「보름제」, 「그리움」, 「술래야 나는 요즘 자꾸 몸이 아프단다」, 「추석성묘」, 「오동꽃」, 「도깨비 굿」, 「추석 성묘」, 「죽부인」, 「탈판에 가서 탈춤을 추고 온 날 밤은」, 「독을 보며·2」, 「장승의 노래·9」, 「다시 읽는 토정비결」, 「빈집·2」, 「용인을 지나며」, 「그해의 토정비결」, 「유두절」, 「집장」, 「왕치」, 「쪽빛」, 「숨비기꽃의 사랑」, 「쪽을 뜨며」, 「징」 등을 들 수 있다. 모두 이미 사라져 갔거나 혹은 시골 생활에서만이 일부 남아 있는 우리의 전통 민속을 시화詩化한 것들이다. 이중에서 한 편을 인용해 본다.

---

* N. Frye, Anatomy of Criticism(Princeton: Princeton Univ. Press,1975), PP.292-3

음陰 2월 영등달 바람 불면 집에 가리

초하루 삭망엔 오고
보름 사릿물엔 간다고 했지

부뚜껑마다 조왕신이 살고
영등할미 오신 날은
산에서 퍼온 붉은 흙
댓가지에 삼색 헝겊을 달아 꽂았지
보름 동안은 숨막히도록 행동거지도
조신하였지

바람 불면
장독대 위 정한수 얼었다 터지고
영등할미 딸 데리고 온다 했지
비 오면 착한 며눌아기 앞세워 비에 젖고
고부姑婦간의 갈등이 있긴 있어도
초라하게 오긴 온다고 했지

음이월 영등달 바람 불면 집에 가리
초하루 삭망엔 오고
보름 사릿물에 간다고 했지

집집이 수수엿 고아 치성들면
옥황상제께 올라가 이 세상 일 고해바치는데
영등할미 입이 오그라 붙어 고변할 수 없다 했지

210

음 이월 영등달 바람 불면 집에 가리

아궁지마다 새로 불지피고
떠돌이 지은 죄 씻고
영등할미 두고 간 수수엿단지 녹이러.

　　　　　　　　　　　　　－「빈집·2」 전문

　　영등靈蹬할미는 바람의 신神으로, 물의 신인 물할미, 산의
신인 산할미〔老姑〕와 함께 우리나라 삼대 신할미 가운데 하
나이다. 이처럼 바람의 신이 우리 전통사회에서 신앙의 중요
한 대상이 된 것은 바람이 오랫동안 우리 민족의 주업인 농
경에 큰 영향을 주어왔기 때문이다.* 예컨대 바람은 흉작이
나 풍작을 가져올 수 있고 또 어촌에서는 배의 항해와 조업
을 결정짓는 절대적 변수로 작용하였다. 그리하여 우리 민족
은 오래 전부터 바람을 생명력의 상징으로 보았다. 영등할미
가 지상에 하강하여 잠시 머물다가 다시 승천한다는 음력 2

---

*장덕순 외, 『한국의 풍속지』(서울: 을유문화사, 1974), 47쪽. 하늘에 사는 영등靈蹬할
미(혹은 연등燃燈할미)는 음 2월 1일에 지상에 내려갔다가 20일에 승천한다고 한다. 2
월 1일 아침에 새 바가지에 물을 담아 장독대, 광, 부엌 등에 올려놓고 소원을 빈다. 이
때에 여러 가지 음식들을 마련하여 풍년들 것과 가내의 태평을 빌며 식구 수대로 소지
燒紙를 올린다. 연등할미가 인간 세상에 하강할 때에는 며느리나 딸을 데리고 온다고
하는 바 딸을 데리고 오면 일기가 평탄하지만 며느리를 데리고 올 때에는 비바람이 몰
아치고 농가에서는 피해를 입는다고 한다. 인간관계에 있어 친정어머니와 딸과는 의
합宜合하나 며느리와 시어머니 사이에는 불화와 갈등이 있는 것이니 그에 비유하여 일
기의 변화가 생기는 것으로 여겼다.

월 1일부터 20일 사이에 각 지방에서 여러 형태의 민속제의
民俗祭儀를 행했던 것도 이 때문이다. 한편 조왕신竈王神은 불
의 신이다. 불은 으레 한 가정에서는 부뚜막에 살아 있음으
로 부뚜막을 맡는 부뚜막 신이기도 한데 민간 신앙에 의하면
조왕신은 매년 그믐 밤 하늘의 옥황상제에게 그 집안에서 그
해에 일어난 모든 일들을 소상히 고해 바친다고 하였다.*
그리하여 전통사회의 주부들은 조왕신을 정성껏 모시는 것
이 일반적 관행이었다. 가령 매일 아침 깨끗한 샘물 즉 정화
수를 갖다 바침은 물론 명절 때마다 제사상을 올린 것 등이
다. 인용시는 이와 같은 영등할미 제사 풍속을 작품화한 것
이다. 이 시의 역시 내용상 독창적인 것은 없으나 시행과 연
구성에서 독특한 리듬을 살리고 그 서술이 이미지 중심으로
되어 있다는 점에서 주목을 끈다.

　5.향토적인 세계 : 송수권의 시에서 가장 빈번하게 등장하
는 것이 바로 향토적인 세계를 묘사해 보여주는 작품들이다.
따라서 향토적 세계를 형상화한 작품들의 서지는 굳이 그것
을 일일이 밝힐 필요가 없다. 임의로 두 편을 인용해 본다.

> 기러기집 상여喪輿 나는 날은
> 복福도 많아……
> 살구꽃 복사꽃이 환히 저승길까지 비추고
> 십리 안팎 실팍한 아낙들까지 몰려와
> 생보리밭 마구 무너뜨리고 웃음치레 꽃치레 눈물 범벅치레……

---

*장덕순 외, 『한국의 풍속지』(서울: 을유문화사, 1974), 76쪽.

석류꽃 석류꽃 같은 기러기집 넷째 딸이 나는 그냥 좋으면서
홍갑사 댕기머리가 좋으면서
그 가리마 아랫말로 가는 호숫물처럼
반짝거리면서……

—「기러기 집」 전문

시 한 구절을 생각하다가
아니 인생을 생각하다가
종일 두 어깨로 벽을 지고
앉았다.

구들목에서 수수깡을 부수는 아이
삭막한 가을 벌판을
수숫대 서걱이는 소리가
흘러간다.

황소 눈보다 더 큰 안경테를
메우는 아이
그 짓을 바라보면 그럴 나이도 아닌데
나는 벌써 시력이
흐려온다.

울밑 누구솥 아내의 장 끓는 내가
코를 치는 날
장맛 같은 시를 생각한다.

장맛 같은 인생을 생각한다.

수수깡 놀음에 맛이 든 아이
다리에 털도 안 난 녀석이
다리 긴 수수깡 학을 만들어
식지食指 끝에 올려 안경너머로 학鶴을 날린다.

울밑 노구솥 아내의 장 끓는 내가
고를 치는 날
학鶴이어 날아라
학이어 날아라.

—「장 닳이는 날」

'기러기 집'이란 물론 한 마을 전체가 공동으로 사용하는, 나무기러기나 상여를 보관하는 집을 가리킨다. 시인은 이를 소재로 하여 소년시절의 어느 마을 장례날, 상여 나가는 정경을 매우 화사한 감각으로 묘사해 보여주고 있다. 이 작품의 중심 테마는 물론 그 자신의 사춘기적 이성애이다. 그러나 그에 못지않게 중요한 것은 그 배경으로 제시된 토속적 삶의 모습들이라 할 수 있다. 거기에는 생과 사를 초월해서 자연의 순리대로 살고자 하는 향토민의 소박한 인생관과 희로애락을 공유한 원시 공동체로서의 삶의 태도가—이미지들로 극히 압축된 진술임에도 불구하고—생생하게 제시되어 있다. 그렇지 않다면 한 인간의 죽음을 앞에 두고 "십리 안

214

팎 실팍한 아낙들까지 몰려와/ 생보리밭 마구 무너뜨리고 웃음치레 꽃치레"를 할 수는 없을 것이며 화자 자신 역시 "석류꽃 석류꽃 같은 기러기집 넷째 딸이 나는 그냥 좋으면서/ 홍갑사 댕기머리가 좋으면서" 뒤따를 수 없었을 것이다. 죽음의 의식儀式이 바로 삶의 축제로 전환될 수 있는 이 같은 인생태도야 말로 자연 속에서 자연과 더불어 살아가는 향토공영체 이외에는 찾아 볼 수 없는 특성들이다.

「장 닳이는 날」역시 토속적 삶의 한 장면을 여실히 그려 보여준 작품이다. 어느 늦가을 손 없는 날을 택하여 아내는 부엌에서 장을 닳인다. 별다른 장난감이나 놀이 기구가 없는 그의 산골아이는―장을 닳이기 위해 부엌의 아궁이에서는 끊임없이 장작불이 타오르므로―안방의 뜨끈한 구들장에 앉아서 마른 수수깡으로 안경테나 학 같은 공작물을 만드는데 몰두하고 있다. 방밖에는 "삭막한 가을 벌판을/ 수숫대 서걱이는 소리가/ 흘러간다." 필자 자신도 그러하지만 유년을 시골에서 보낸 사람이라면 누구나 경험했을 어린 시절 우리 향토생활의 생생한 모습들이다. 물론 이 시가 이야기하려는 것은 과거적인 삶의 복원이 아니라 그 시절에 시인이 동경했던 꿈의 상실이다. 그것은 이 시의 아이가 그러한 것처럼 그 자신 어렸을 때 수수깡으로 만든 장난감 학이 하늘을 날을 수 없었다는 진술을 통해 간접적으로 암시하고 있다. 그리하여 그는 시의 말미에서 "학이여 날아라"라고 가만히 절규해 보는 것이다. 그 '학의 비상'이란 무엇일까. 아마도 그것은 그가 유년 시절의 향토적 삶에서 경험했던 어떤 인간적 혹은

215

자연 친근적인 삶이었을지 모른다.

6. 샤머니즘 및 불교적인 세계 : 송수권의 시 세계가 대부분 전통적인 삶을 지향하고 있다는 것은 이상의 고찰에서 충분히 설명되었으리라 믿는다. 그런데 이와 같은 전통적 삶의 기초를 이루는 것은 우리에게 있어 물론 샤머니즘과 불교적 세계관이다. 송수권 역시 그러하다. 대부분 그의 시들이 부분적, 간접적으로 샤머니즘이나 불교에 관련되어 있다는 것은 쉽게 지적되는 터이지만 다음과 같은 시들은 전체적, 직접적으로 그것을 반영하고 있다. 「젯날」, 「목련한화」, 「돌각담에 지는 자주 달개비꽃 한송이」, 「환촌·2」, 「뜬소문」, 「예감」, 「아그라 마을에 가서」, 「멀미」, 「망월동 가는 길·4」, 「겨울 청량산」, 「한국통사초」, 「당신의 즐거운 디저트」, 「월인석보」, 「소낙비」, 「연비」, 「부도들」, 「외갓집」, 「꿈꾸는 섬」, 「수레바퀴 자국」, 「즐거운 선문답」, 「가을 운문사」, 「장승의 노래·8」, 「구룡못 연꽃밭」, 「빈집·2」, 「업장 내가 살던 마을」, 「패등」, 「길」, 「산경山經」, 「홍역꽃」, 「산염불」, 「무량수전의 배 흘림 기둥에 기대어」, 「대 역사」, 「눈내리는 대숲 가에서」, 「운문사 운」, 「혼자 가는 선재善財」, 「낙초집落草集」, 「백담사 운」, 「구암리 고인돌 무덤」, 「물염정시」, 「패등」 등이다. 이 중 불교적 세계관과 무속적 세계관으로 쓰여진 작품을 각각 하나씩 인용해 본다.

> 목어木魚가 울 때마다 물고기들의 싱싱한 비늘이 떨어지고
> 운판雲板이 자지러질 때마다 날짐승들마저 숨죽이며 날았다

어떤 침묵 하나가 이 세상을 여행 와서 더 큰 침묵 하나를
데리고 그림자처럼 지난다
문득 회나리의 불꽃더미 속에서 조실祖室 스님의 흰 팔뚝
하나가 불쑥 떠올라왔다. 그 흰 팔뚝에서 아롱진
연비 몇 방울이 생살로 타면서
얼음에 갇힌 꽃잎처럼 나의 감각을 흔들었다.

사람이 죽으면 하늘로 가 구름 되고 비가 되어
칠칠한 숲을 기르는 물이 되고 햇빛 되는 걸까
그후, 나는 고개를 꺾으며 못된 습에 걸려
무심히 핀 들꽃, 날아가는 새에서도
조실의 흰 팔뚝을 떠올리며 어린애처럼 자주 길을 잃고
헛기침 끝에 온몸을 떨었다.
아니다, 아니다, 조실祖室은 가지 않았다
어떤 믿음의 확신 하나가 이 세상에 다시 와서
나는 참으로 몹쓸 병病을 꿈에서도 앓았다.

눈보라치는 섣달 겨울 어느날, 그의 방문을 열다가
평상시와 다름없이 윗목에 놓인 매화분의 등그럭에서
빨간 꽃망울 몇 개가 벌고 있음을 보았다.
뜨거운 연비 몇 방울이 바야흐로 겨울 하늘에서 녹아흘러
꽃들은 피고 있었다.

—「연비燃臂」 전문

인용시는 두 가지 관점에서 선시禪詩라 일컬어 손색이 없을 듯하다. 하나의 시의 소재가 모두 선림禪林에 관한 것이고 다른 하나는 주제가 불교의 윤회관을 피력하고 있다는 점이다. 시의 소재는 구체적으로 '연비'이다. 연비란 "불교에서 수행자들이 계를 받고 나서 팔뚝에 불을 놓아 문신처럼 떠내는 의식 또는 그 자국"을 일컫는 것이니 이 시에서 직설적으로 언급된(예컨대 "그 흰 팔뚝에서 아롱진/ 연비 몇 방울이 생살로 타서") 시행이나 은유적으로 언급된(예컨대 "어떤 침묵 하나가 이 세상을 여행 와서 더 큰 침묵 하나를/ 데리고 그림자처럼 지난다") 시행이 모두 연비를 하는 행위와 그 상황의 묘사에 관련되어 있다는 것은 두말할 필요가 없다. 직접적으로 불교 세계를 지시하는 '조실스님', '목어', '운판', '연비', '습'과 같은 용어들의 등장도 이 시의 불교적 필연성을 보다 확실히 해준다.

　　그러나 보다 중요한 것은 이 시가 불교의 윤회관을 반영하고 있다는 점이다. 그것은 제 2연에서 간단히 연반한 조실스님이 매화꽃으로 환생했다는 내용으로 압축된다. 상징적인 표현이기는 하지만 "아니다 아니다 조실은 가지 않았다. ─ 눈보라치는 섣달 겨울 어느 날 그의 방문을 열다가─매화분 둥그럭에서 (조실의)뜨거운 연비 몇 방울이 바야흐로 겨울 하늘에 녹아 흘러 꽃들은 피고 있었다"는 진술이 그것이다. 이 시행의 '뜨거운 연비 몇 방울'이란 바로 조실의 전생을 의미하는 것이라고 해석할 수 있기 때문이다.

서귀포 오구대왕님
저의 육신은 너무 때 묻고
저의 혼은 너무 질겨서
대왕님 석쇠 위에서 이 질긴 고기
잘 익을 수 있을까요
어젯밤 잠 속에서도
검은 상복차림 저승차사 두 놈이
벌컥 문을 열고 들어와 육환장을 내리쩍으면서
에쿠야 이 살덤버지 에쿠야 이 살덤버지
쿵쿵 코를 맡더니
에취야 이 비린내 에취야 이 비린내
육환장은 고사하고 토악질까지 해대면서
문밖을 튀쳐나가는 것을 보았습니다.

이승바람 한으로 절인 핏기는
늘 이렇습니다요

그러나 오구대왕님
이승에서 저는 이 한을 다 풀고
길뜰 차비를 하는 날에는
서귀포 시인 광협이네 농장에 들려
저의 육신은 마지막 거름이 되고
저의 혼은 봄눈 속에서도
속죄양처럼 익어가는 귤이 되겠습니다.

서귀포 오구대왕님

그 때는 저승차사 두 놈 다시 보내주셔요
저녁 시간 당신의 식탁 위에서
저는 불고기 대신 노오란 귤이 되어
당신의 즐거운 디저트가 되어 드리겠습니다.

－「당신의 즐거운 디저트」전문

'오구굿'은 죽음, 특히 사고로 비명횡사非命橫死를 했다든
지 사인死因 모르는 죽음을 당했을 경우 그 원을 풀어주어 죽
은 자의 영혼이 저승으로 잘 인도되도록 오구대왕에게 비는
무속巫俗을 말한다. 따라서 '오구대왕'이란 죽은 자의 명복을
비는 굿 오구굿에서 섬기는 무속신巫俗神이다.* 송수권은
이 시에서 이 같은 우리 전통 민간신앙을 빌어 자신이 삶을
성찰하고 있다. 그것은 그 자신의 현재란 추악하고 죄 많은
삶이라는 것("검은 상복차림의 저승차사 두 놈이/……/ 킁
킁 코를 맡더니/ 에춰야 이 비린내 에춰야 이 비린내/ 육환장
은 고사하고 토악질까지 해대면서/ 문밖을 튀쳐나가는 것을
보았습니다"), 이에 대한 깨달음은 오구대왕이 보낸 저승차
사에 의하여 비로소 가능할 수 있었다는 것("그러나 오구대
왕님/ 이승에서 저는 이 한을 다 풀고……"), 따라서 자신의
미래는 보다 순결한 이타행利他行의 삶이 되어야 마땅하다는
것("이 육신은 마지막 거름이 되고/ 저의 혼은 봄눈 속에서
도/ 속죄양처럼 익어가는 귤이 되겠습니다") 등의 내용으로

---

*장덕순 외, 『구비문학개설口碑文學槪說』(서울: 일조각, 1971), 124~7쪽.

220

설명된다. 즉 기독교 같으면 예수에 의해 도달할 수 있을 삶의 구원이 이 시에서는 오구대왕이라는 무속신巫俗神에 의해 이루어지는 것이다.

이상에서 살펴본 것처럼 송수권의 시는 전체적으로 샤머니즘이나 불교적 세계관에 토대하여 전통적인 삶 특히 향토적, 민속적인 삶을 지향하고 있다.

4.

다른 측면으로 볼 때 송수권의 시는 두 가지 중요한 특성을 드러내 보여준다. 하나는 내용적인 측면에서 그가 당대의 시사적인 문제에 상당히 민감하게 반응하였다는 점이요 다른 하나는 형식적인 측면에서 대부분 '기행시紀行詩'와 '민담시民譚詩'라 부를 수 있는 유형에 집착하고 있었다는 점이다.

전자의 경우는 제 1장에서 살펴 본 것처럼 그가 비록 등단무렵(제 1기)에 애니미즘적 자연을 탐구하였음에도 불구하고, 70년대 후반에서 80년대에 이르기까지의 시기(제 2기)에는 당대 한국문단의 일대 회오리바람이었다고 할 소위 '민중시' 운동에 가담했던 것, 그리고 90년대 이후(제 3기)에 들어 우리 문단에 '생태 환경'에 대한 관심이 고조되자 곧 이에 부응하여 다수의 소위 '생태시'를 썼던 것 등을 예로 들 수 있다. 가령 그의 동학을 소재로 한 시들은 전자를 대표하며 공해 문제를 고발한 90년대의 시들은 후자를 대표한다. 이는 문단과 사회에 대한 그 나름의 고뇌가 반영된 것이라 할 수 있겠으나 그럼에도 불구하고 그의 문학의 본령은 토속적 삶을 배경으로 한 자연 친근적 세계에 있으며 또 이와 같은 내용을 형상화시킨 작품들이 문학적으로 성공을 거두었다는 것은 두 말할 필요가 없다.

후자의 경우는 우선 시집의 목차만을 보아서도 짐작할 수 있다. 그것은 그의 시의 제목이 대부분 고유명사 즉 산과 강, 혹은 지명地名으로 되어 있기 때문이다. 이는 그 수가 너무 많아서 일일이 셀 수 없을 지경으로 송수권의 시가 거의 기행시의 형식으로 쓰여졌다는 단적인 증거가 될 수 있다. 한편 그의 시가 또한 대부분 이야기체 형식을 지향한 것도 사실이다. 앞장에서 예를 든「여승」이나「연비」,「땡볕」등이 모두 이야기로 되어 있는 것은 우리가 읽은 그대로이지만 설령 그렇지 않은 경우라 할지라도 그의 시에는 부분적으로나 혹은 압축적으로 이야기적인 요소가 내재되어 있다. 이와 같은 시 형식은 우리 문학사에서 30년대의 백석白石이나 이용악李庸岳─그리고 경향이 약간 다르기는 하나 식민지치하 프롤레타리아 시인들과 해방 이후 특히 김수영金洙暎이나 서정주에 의해서 널리 보급된 바를 그가 나름대로 개성 있게 소화한 것이라 할 수 있다. 특히 민담적인 내용이나 향토적인 삶을 소재로 한 그의 이야기체 시들은 따로 '민담시民譚詩'라는 장르를 설정할 만한 것으로 그 역시 기본 골격에 있어서는 徐廷柱의「질마재 신화」의 시들과 크게 다르지 않다. 이외에도 송수권의 시에 끼친 서정주의 영향은 앞으로 보다 자세히 고찰되어야 할 과제이다.

물론 소재로써 '이야기'라는 것은 그 고유한 문학 양식으로 소설이나 콩트 같은 별도의 장르가 있는 까닭에 시에서 꼭 다루어야 할 이유는 없다. 같은 이야기라면 시 양식보다는 소설이나 드라마 양식으로 표현해야 보다 문학적 성취에 다다를 수 있기 때문이다. 따라서 우리는 송수권의 문학적 평가를 그가 이야기체 시를 썼다는 그 자체가 아니라 그 안에 담겨진 내용 혹은 세계관에서 찾아야 할 것이다. 나는 그것이 그의 자연 인식과 전통적 세계—민속적 향토적 세계에서 논의 되어야 할 성격이라고 믿는다. 그러한 전차로 필자는 제 2장에서 그의 자연 인식을, 제 3장에서는 전통적 삶과 샤머니즘 및 불교 세계관을 살펴보았다. 그 결과 송수권의 문학의 핵심을 이루는 것은 한마디로 생명사상이라 부를 만한 것이었다고 생각한다.

송수권의 자연은 제 1기의 애니미즘으로써의 자연이나, 제 2기의 생활공간으로서의 자연이나, 제 3기의 생태환경으로서의 자연이나 본질적으로 생명에 대한 인식과 생의 존엄성 확립에 귀결된다. 애니미즘은 자연을 생명현상으로 보는 세계관이며, 생활공간은 생명체 그 자체의 삶의 터전이며, 생태환경에 대한 관심을 바로 생명 옹호의 실천적 운동이기 때문이다. 한편 그의 전통세계에 대한 탐구 역시 그 밑바탕에는 생명 존중 사상이 자리해 있다. 그의 시에서 전통적 세계 달리 말해 향토 공영체나 민속적 삶의 주체는 민중인데 민중이야 말로 민족생존의 뿌리이자 種 즉 집단 개념으로서의 생의 원천이기 때문이다. 모든 민속 신앙과 민중 운동은 잠재적으로 이 생명 현상의 종교적, 사회적 표현인 것이다.